Narrativa del Acantilado, 284

DOMINGO
SOMBRÍO

ALICE ZENITER

DOMINGO SOMBRÍO

TRADUCCIÓN DEL FRANCÉS
DE JUAN DÍAZ DE ATAURI

BARCELONA 2017 ACANTILADO

TÍTULO ORIGINAL *Sombre dimanche*

Publicado por
ACANTILADO
Quaderns Crema, S. A.

Muntaner, 462 - 08006 Barcelona
Tel. 934 144 906 - Fax. 934 636 956
correo@acantilado.es
www.acantilado.es

ISBN: 978-84-16748-25-9
DEPÓSITO LEGAL: B. 1361-2017

AIGUADEVIDRE *Gráfica*
QUADERNS CREMA *Composición*
ROMANYÀ-VALLS *Impresión y encuadernación*

PRIMERA EDICIÓN *febrero de 2017*

CONTENIDO

LENTA, PENSATIVAMENTE

Al fin, el hombre llega hasta la arena
de una llanura triste y empapada;
se echa allí, con la mirada perdida,
y consiente, sin esperar ya nada.

Yo por mi parte me dedico a menudo
a contemplar el mundo sin hacer trampa.
Mientras los tajos de un hacha de plata
danzan entre las hojas del chopo.

Tengo el corazón en la rama de la nada,
posado, graniza, tiembla sin ruido;
poco a poco, las estrellas se reúnen
a mirar mi corazón en mitad de la noche.

EN UN CIELO DE COLOR DE METAL

En un cielo de color de metal,
el frío destello de una dinamo.
¡Oh silencio de mi buena estrella!
Entre mis dientes, la chispa de una palabra...

En mí, el pasado como una piedra
cae en el infinito silencioso.
El tiempo se escapa, pálido y mudo.
Fulgor de una hoja: mi pelo.

Mi bigote, oruga abrumada
en mi boca extinguida, repta.
Náusea, las palabras se han entibiado,
aunque, quién iba a estar ahí para oírlas...

ATTILA JÓZSEF, *Sin esperanza* (1933)

DOMINGO SOMBRÍO

Domingo sombrío,
con los brazos llenos de flores blancas,
cuando corría tras mis sueños, un domingo por la mañana,
el carro de mi tristeza ha vuelto sin ti…

Imre oía la voz de su abuelo, que le llegaba desde la otra punta del jardín triangular. No necesitaba fijarse en cómo desaparecían las consonantes en aquel canto pastoso para darse cuenta de que el viejo estaba borracho. Berreaba la canción con una rabia inusual.

Y desde aquel momento todos mis domingos son tristes.
Las lágrimas son mi única bebida; la tristeza, mi único pan…

La voz se confundía con el ruido del rastrillo. Se oían los sordos topetazos de la herramienta con la que el abuelo golpeaba la valla una y otra vez. Los choques debían de hacer vibrar todo su cuerpo y resonar en su torcida columna vertebral. Atravesaba su espalda en diagonal como una carretera que rodea un obstáculo. La pierna inútil del abuelo, la que arrastraba tras él penosamente, había desequilibrado su marcha hasta imponer una desviación en la trayectoria de sus vértebras. Cualquier actividad física le producía al viejo dolores lancinantes. Pero él se negaba a dejar de rastrillar.

Las lágrimas son mi única bebida…

El abuelo gritaba más, y el verso sonaba raro en boca de un hombre a quien la *pálinka* animaba a cantar. Imre sabía que el abuelo se había metido una botella en el bolsillo trasero de los pantalones antes de salir al jardín. Una botella larga y tubular, más parecida a un frasco de perfume que a un envase de alcohol.

Imre conocía el aguardiente del abuelo. Meses atrás había abierto la botella para ver a qué olía y el olor le había quemado las fosas nasales. Era un aroma de farmacia, brutal, que penetraba en la nariz corroyendo la mucosa, cauterizándola. No encontró ninguna relación entre los dibujos de albaricoques redondos y dorados que decoraban la botella y aquel tufo a hospital. La decepción había sido violenta.

Al niño empezaba a hacérsele familiar que el anciano se emborrachara el 2 de mayo. Tenía cierta conciencia de que el acontecimiento no era nuevo. Ya lo había presenciado alguna otra vez, pero no sabía cuándo. Su cabeza aún no concebía claramente el orden cronológico de la vida, pero conocía esta canción. Ya la había oído antes.

Año tras año se repetía la misma escena. El viejo juraba que había olvidado su pena, que todo estaba bien, que quizá se acercaría al centro de la ciudad para tener la mente ocupada. Pero año tras año la familia se lo encontraba completamente borracho, tumbado sobre las hierbas del jardín, en medio de la basura que no había llegado a recoger, con el rastrillo al lado y la botella vacía al alcance de la mano. A Imre no le dejaban verlo. Lo mandaban a su cuarto. Pero él recordaba haber visto los pies del abuelo sobresaliendo por encima de la hierba, unos pies enormes en su memoria infantil. Había creído que era un gigante muerto y no había podido dormir.

Y cada año, Imre oía la canción maldita, entonada con

más odio cada vez. Un día le había pedido al anciano que se la enseñara, pero él no había querido. Le contestó que la canción era una mierda y que Rezső Seress, el compositor, era un criminal. Imre no entendía por qué el abuelo se empeñaba en cantar una pieza que detestaba. Repetía ininterrumpidamente algunos fragmentos que había conseguido memorizar y trataba de averiguar el significado secreto que desencadenaba la furia del anciano.

El último domingo, ven, amor mío,
habrá un cura, un ataúd, una mortaja;
tendrás flores, flores y un ataúd…

Ahora el abuelo entonaba la estrofa más lúgubre. Imre notaba la tristeza de la canción, una punzada en el pecho como escondida bajo una costilla. Se acercó a la ventana y echó una rápida mirada al viejo. Seguía de pie. Aquello no iba a terminar aún.

Poco a poco, los movimientos del abuelo se irían haciendo menos precisos, el rastrillo no llegaría tan lejos en cada golpe. Ambos, el abuelo y el rastrillo, parecían encogerse. La voz se haría más confusa. La canción se transformaría en sartas de palabrotas. El abuelo iría deseando la muerte de todos los que no le gustaban. Que se mueran todos, ¡así reviente otra vez Stalin en su tumba! E inmediatamente añadiría: ¡Que se mueran los hortelanos! Éste era siempre el último juramento, el que soltaba más desesperadamente, justo antes de caer, el que peor le sentaba. Luego se dormía.

Ágnes, la hermana de Imre, y Pál, su padre, saldrían entonces a buscarlo sin hacer ruido. Se acercaban los dos al anciano, pero siempre era ella la que acababa por llevarlo al interior de la casa. Pál era demasiado sensible y no soportaba verlo en aquel estado. Se inclinaba un momento sobre su padre tumbado en la hierba, esbozaba un gesto y luego, súbitamente abatido, se dejaba caer a su lado y se echaba a llorar silenciosamente. La espalda de Ági se curvaba bajo el peso del abuelo cuando penosamente lo llevaba al salón.

Dentro, sólidamente sentada en su butaca, Ildiko, la madre de los niños, se negaba a mover un dedo. El viejo no le inspiraba ninguna compasión y sus borracheras anuales la enfurecían. *Büdös disznó!*, decía escupiendo en el suelo. Cerdo asqueroso. El alcohol en general la horrorizaba. Y mucho más cuando el que lo bebía era su suegro. Que pase la noche en la hierba, decía con indiferencia, nadie le ha obligado a ponerse en ese estado.

Pero Imre, Ágnes y Pál tenían un sentido demasiado fuerte de la familia para dejar que el anciano durmiera fuera. Habría quedado expuesto a los trenes nocturnos y a la basura que los viajeros arrojaban por las ventanillas.

En efecto, la casita se levantaba en medio de un haz de raíles que brotaban de la estación Nyugati y los trenes rozaban al pasar las vallas del jardín triangular. En la época de su construcción, la estación era apenas un vago proyecto y nadie podía imaginar que las vías alcanzarían la casa de madera. El mismo nombre de *nyugat*, o sea, oeste, anunciaba otra dirección a los futuros trenes. Pero, a pesar de esta denominación, irrumpieron hacia el norte y el este y cercaron la casa. A finales de la década de 1890 no estaba todavía completamente rodeada de raíles, pero el lado izquierdo del jardín ya estaba cerrado con largas viguetas de metal. Luego pusieron una barrera para establecer una separación clara entre lo que constituía el reino de los trenes y el de la familia de Imre. La división favoreció a los trenes.

El terreno lo había comprado el abuelo del abuelo, en los tiempos remotos en que no era más que un campo a las afueras de la ciudad, y fue él quien construyó la casa. Su nombre estaba grabado encima de la puerta con letras negras grandes y torpes: IMRE MÁNDY. Era el nombre de todos los primeros varones de la familia y la costumbre de llamarlos Imre se remontaba siglos atrás. Cada vez que Imre entraba en casa miraba con orgullo el dintel. Sentía palpitar en él, casi materialmente, el vínculo con que aquel nombre le unía a su abuelo, su bisabuelo y su tatarabuelo, el antepasado constructor. Pero no a su padre. Curiosamente, la tradición se había saltado una generación y éste se llamaba Pál. Era una falla en el árbol genealógico.

—¿Por qué *Apa* no se llama como nosotros?—preguntaba el niño a su abuelo.

—Los niños curiosos se hacen viejos enseguida.

—¿Por qué no te llamas como nosotros?

—Para ser un poco original—contestaba su padre con una sonrisa triste.

Pero Imre pensaba que le debía de resultar desagradable entrar en casa y ver allí puesto, presidiéndola, el nombre de otro.

Al abuelo le gustaba contar que Imre Mándy el venerable, el constructor de la casa, había comprado la parcela de terreno más bonita que haya existido: el jardín triangular había sido en otro tiempo un prado que atravesaba un arroyo. Aquí y allá había macizos de violetas y, a orillas del agua, en las sombrías hierbas, se agazapaban culebras de agua. En primavera se veían conejos y ranas, el ruido de la vida animal llegaba hasta la casa, ofreciendo a sus moradores sus cómplices murmullos secretos.

Allí, en aquel paraíso húmedo, su antepasado había construido la casa él solo: en la planta baja, el gran salón con su chimenea y la cocina estrecha con las paredes llenas de cacerolas de distintos colores; en el primer piso, las dos habitaciones, la de los padres y la de los niños, que parecía una miniatura. Debajo de la escalera había un cuartito de baño en el que apenas cabía una persona. Era una casa levantada lentamente por las manos del hombre, un reino sin máquina.

Desde los tiempos del tatarabuelo, la modernización de Budapest había transformado la pequeña vivienda en un islote en medio de las vías. A pesar del paso de los trenes, que cada vez iban más rápidos, la casa se mantenía en pie. Durante años había sido motivo de una lucha incesante entre la familia de Imre y las autoridades locales empeñadas en que nada entorpeciera el desarrollo del ferrocarril. Los habitantes de la vivienda de madera oían ofertas y amenazas con la misma serena indiferencia. El antepasado constructor había decidido para las generaciones venideras que las raíces de la familia estaban exactamente en aquel lugar, tras la puerta marcada con su nombre. Sus descendientes cumplían su voluntad con la convicción de estar en su derecho, pese a las leyes y catastros que esgrimían sus adversarios. Les gustaba la idea de ser una dinastía vinculada a aquella tierra.

Tras décadas de negociaciones infructuosas, la compañía del ferrocarril había renunciado a derribar la casa, a condición de poner a su lado un transformador de cuyo mantenimiento se ocuparían sus moradores. Era la enorme caja de metal que hacía de linde en el extremo plano del jardín triangular.

A Imre le daba miedo el transformador. Era de metal, de color azulado, tachonado de pequeñas manchas de orín que dibujaban ojos sombríos, y tenía la anchura de dos hombres. De vez en cuando emitía haces de chispas, lo que obligaba a los habitantes de la casita a examinarlo en busca de alguna avería. Pál o el abuelo abrían la puerta que tenía fijado el aviso PELIGRO DE MUERTE para comprobar el estado de los cables. Se metían hasta los hombros en las entrañas tubulares de la caja y a Imre le aterrorizaba la idea de que las madejas de hilos los agarraran en una horrible convulsión y que el artefacto se los tragara.

Cuando estaba solo en casa, Imre salía al jardín a dar vueltas alrededor de la máquina, convencido de que algún día le revelaría su naturaleza diabólica, algo relacionado con los extraterrestres o con los satélites rusos. Pero el transformador dormía, o se hacía el dormido, y el niño no podía dar con ninguna prueba que justificara sus miedos.

No todo era malo en la inquietante caja: gracias a unos empalmes más o menos seguros, suministraba electricidad a la familia Mándy. Además había resuelto definitivamente los conflictos con la compañía del ferrocarril. Tras el acuerdo, parecía que el mundo se hubiera olvidado de la casa. Era como si no existiera.

Dado su especial emplazamiento, la casa de las vías se había convertido en el vertedero público de los trenes que pasaban junto a ella. El jardín estaba permanentemente cubierto de una fina capa de basura. Había de todo, principalmente muchos papeles y envolturas. En cuanto se instalaban en sus asientos, los pasajeros buscaban febrilmente sus billetes de tren y al mismo tiempo se desembarazaban de lo que llevaban en los bolsillos. Tiraban por la ventanilla semanas enteras de recibos, listas de la compra y tarjetas de visita entregadas por indeseables. No podían imaginarse que todos aquellos papelillos inútiles acababan cubriendo el suelo estéril del jardín triangular donde Imre los examinaría uno por uno, con la esperanza de encontrar entre ellos el mapa de algún tesoro.

A Imre le daban envidia los pasajeros. Había crecido detestando la inmovilidad, estar bloqueado precisamente en el sitio al que venían a amontonarse los retazos de vida de quienes existían en la velocidad del tren. Caminaba sobre su basura preguntándose por ellos, imaginando destinos extraordinarios para cada una de aquellas personas. Y sentía resentimiento no porque aquellos viajeros ensuciaran su jardín, sino porque estaba seguro de que en el interior de los vagones ninguno de ellos se preguntaría por él.

También había botellas de plástico, todos los días llegaban docenas y se negaban a desaparecer. Los envases azulados se manchaban con la tierra del jardín pero seguían manteniendo sus formas cilíndricas y su arrogancia, rodando a los pies del niño. El abuelo hablaba a menudo de los tiempos en que no había botellas de plástico y el jardín estaba limpio. En la época de la abuela y en los buenos tiempos del abuelo había un pequeño huerto en el jardín triangular. Imre no sabía dónde—él no había conocido más que la tierra cubierta de botellas—, pero imaginaba que cerca del transformador. La abuela plantaba calabazas y puerros. El abuelo maldecía violentamente cuando recordaba los puerros. Ahora no crecía nada.

Todas las mañanas el anciano le daba a Imre un poco de tiempo para que efectuara su rápido examen y, una vez que el niño había recogido los papeles que pudieran guardar algún secreto, salía al jardín blandiendo su rastrillo como si fuera una alabarda. A pesar de su pierna y su espalda, se negaba a renunciar a aquel instante en que se enfrentaba a la historia de la noche pasada y que le permitía reafirmar cada día su territorio. Empujaba cuidadosamente la basura hasta más allá de la barrera, donde con los años había formado un pequeño océano propio.

Büdös disznó, decía Ildiko suspirando cuando veía amontonarse las botellas de plástico alrededor del jardín. Pero el anciano hallaba un extraño placer cuando abarcaba con la mirada los montones de basura combatida y vencida a lo largo de los años. Se negaba a que la metieran en sacos para llevarla al vertedero. Imre estaba de acuerdo con su abuelo; alimentaba la esperanza perversa de que las olas de botellas hicieran descarrilar un día un tren delante de su casa. Entonces los viajeros se verían obligados a prestarle un poco de atención a él, que ejecutaría una pequeña danza de la victoria alrededor de los vagones humeantes.

Las mayor parte de la basura siempre aterrizaba en su casa por la noche. El sol se ponía en un jardín en orden y cuando despertaban, como por arte de magia, la luz de la mañana alumbraba las formas grotescas de los objetos abandonados. Durante el día, nadie tiraba nada voluminoso: podían estar en el jardín sin arriesgarse a que les diera nada en la cabeza. Pero, de noche, se apoderaba de los viajeros un centímetro de impunidad: no pensaban que hubiera nada más allá de su vagón iluminado, tan sólo la oscuridad opaca, y se sentían libres para deshacerse de cantidades de basura que acababan por asombrar a Imre. Los campamentos de verano eran los más pródigos. Bastaba que llegara la noche para que niños y adolescentes, aunque pertenecieran a alguna institución comunista de nombre tan temible como la Asociación para la Fraternidad de las Juventudes Proletarias, se dedicaran a arrojar por la ventanilla las posesiones de unos y otros. Se encontraban meriendas enteras, cepillos de dientes y, alguna que otra vez, zapatos. Así había heredado Imre un pijama con dibujos de conejitos. Los habitantes de la casa se estremecían en sus camas y suspiraban cuando se estrellaba algún objeto contra las paredes de tablas.

—Así revienten—mascullaba el abuelo entre sueños.

Se había convertido en un reflejo, ya ni siquiera se despertaba.

Era el miedo a los proyectiles nocturnos lo que movía a Ágnes y a Pál a salir a buscar al abuelo en su tradicional noche de borrachera. Nadie recordaba un 2 de mayo en que el abuelo hubiera conseguido entrar solo en casa, en que, aunque no hubiera conseguido mantenerse sobrio, se hubiera arrastrado hasta la cama sin que nadie lo ayudara. Pero ni siquiera la monótona repetición del guión año tras año conseguía mermar la ternura de Ági o la emoción de Pál, cuando abrían con cierto temor la puerta de la casa para descubrir en la oscuridad dónde se había derrumbado el anciano.

No bebas nunca, le decía su madre a Imre. Si bebes algún día, te mato. Él asentía con la cabeza muy circunspecto. El espectáculo que le ofrecía su abuelo no le inspiraba ningún deseo de comprar una de aquellas botellas alargadas de *pálinka* que olían a química y a fábrica.

Cuando oía cantar a su abuelo, Imre pensaba que había algo del mundo que se le escapaba..., un vacío, un agujero abierto en la canción, que amenazaba con desbaratar sus certezas de niño. Quería seguir creyendo que los adultos: el abuelo, su madre Ildiko, e incluso su hermana Ágnes, sabían lo que hacían, comprendían el sentido de la vida y gobernaban el curso de sus existencias. Pero cuando el 2 de mayo su abuelo gruñía como un perro amorrado a su botella de *pálinka*, Imre tenía la sensación de que probablemente tampoco los adultos controlaban la confusión que les inspiraba la vida. Había algo terrorífico en ese pensamiento. Se tapó los oídos con las manos, pero la voz del abuelo se abrió camino hasta él e Imre tuvo que oír la última estrofa de la canción, la que menos le gustaba porque le daba miedo:

Bajo los árboles floridos, mi último viaje.
Mis ojos se quedarán abiertos para verte por última vez.
No tengas miedo de mis ojos, aun muerto yo te bendigo…
El último domingo.

LOS LIBROS, LOS TRENES, LOS COHETES

Durante mucho tiempo, el mundo de Imre se limitó a dos polos: el islote de su casa, por un lado, y el fragor de la estación, por otro. Veía perfectamente los grandes edificios de Nyugati desde el jardín: la gran vidriera con sus cristales polvorientos y los torreones de ladrillo y acero que se alzaban al final de las vías, entre él y la ciudad. La estación era un Otro inquietante y feroz que intentaba invadirlos. Escupía locomotoras a la casita y extendía sus tentáculos en derredor. En su gran vestíbulo entrecruzado de viguetas de ángulos netos se escondían probablemente futuras amenazas para la familia Mándy e Imre tenía que vigilar lo que pudiera suceder.

También estaba muy cerca de la casa el zoo de Budapest. Desde allí se podía ver la roca de los monos y la parte de arriba de las jaulas. Pero cuando el chico salía al jardín, no se volvía nunca hacia aquel lado para escuchar los bramidos y aullidos de los animales. Dirigía la mirada automáticamente hacia la estación y se entregaba a su trabajo de centinela. No le sorprendería la estación, no le impondría nuevos sacrificios. Le debía ya el espantoso transformador y la ausencia de sus padres, que ella se tragaba desde el amanecer hasta la noche.

Pál e Ildiko trabajaban en Nyugati. Él tenía un cafetín enmarcado entre cuatro cortinones de plástico con flecos, que conservaban un poco de calor y la humareda de los cigarrillos que fumaban los clientes sin parar. Vendía bocadillos de carne empanada famosos por su tamaño aunque duros como piedras, rollitos de semillas de amapola y barras de chocolate Balaton de las que llevaba a Imre algunas muestras por la noche y por un instante reconciliaban al niño con el mundo de la estación.

Ildiko, por su parte, atendía la ventanilla de trayectos nacionales. Soñaba con que algún día la trasladaran al mostrador de trayectos internacionales, pero bajo el régimen comunista los viajeros autorizados a salir del país eran insuficientes para considerar la creación de un nuevo puesto. Ildiko soñaba algunas veces con la muerte de la pelirroja que llevaba internacional. Un buen día resbalaría en el suelo húmedo del cuarto de baño de su casa y se rompería la cabeza contra el lavabo. Entonces su silla quedaría como un trono vacío tras la ventanilla de plexiglás hasta que uno de los jefes fuera a buscar a Ildiko para decirle: Por favor. Es suya. Cuando Ildiko imaginaba esta escena, en su cara se dibujaba una sonrisa tierna.

También el abuelo, cuando aún podía moverse, había trabajado de soldador para la compañía del ferrocarril. Todavía le quedaban en las manos muchas cicatrices de quemaduras del tamaño de monedas de cinco forintos. Para Imre, los miembros de su familia eran siervos que el señor ferroviario había sometido a trabajos forzados y se prometía a sí mismo que cuando él fuera mayor rompería aquellas cadenas y se iría lejos de la estación.

No quería quedarse a vivir entre las vías, temiendo a los trenes y tropezando con las botellas de otros. Sería lo suficientemente rico como para comprar un piso grande en un edificio burgués con una puerta de madera verde pálido y vidrieras en tonos oscuros decoradas con motivos florales. Vería a sus padres en alguno de los grandes cafés de Budapest, probablemente en el Central, cuyos dorados y madera barnizada lo fascinaban. En invierno tomarían chocolate y en verano *fröccs*, esa mezcla de vino blanco y gaseosa que puede llegar a emborracharte pero nunca da resaca, como decía el abuelo.

—Y eso, chico, es la prueba del genio húngaro.

Ildiko encogía los hombros cuando le oía decir esto al viejo. Para ella, era únicamente la prueba de que el país estaba lleno de alcohólicos. Si bebes algún día, te mato. Así que en su ensueño Imre tenía que renunciar a los *fröccs*, lo cual tampoco le preocupaba demasiado; de todos modos, era un plan que reelaboraba cada noche antes de quedarse dormido, perfilando cada detalle sin cansarse nunca.

No estaba dispuesto a compartir su sueño de futuro más que con dos personas. La primera era su hermana Ágnes. Tenía ocho años más que él, pero durante mucho tiempo Imre había creído que eran de la misma edad, sólo que Ági era más lista que él en todos los sentidos. La adoraba, la encontraba perfecta, todo en ella le entusiasmaba, sobre todo sus dientes. Tenía una dentadura magnífica, minúscula, blanca y brillante como una sarta de perlas que ella exhibía constantemente. Ági se pasaba el día canturreando.

Tenía una voz preciosa, aunque en absoluto potente. Era su debilidad, según Imre, lo que hacía emotivas sus canciones. Había que aguzar el oído, hacía falta querer oírla. La voz de Ági no se imponía a nadie, apenas competía con los ruidos de la casa que los trenes estremecían. Siempre temblaban un poco las paredes, las tablas mal ensambladas gemían. También se oía el ruido grave de la pierna del abuelo—la pierna muerta inmediatamente después que la abuela aporreando el suelo con regularidad—. A Imre le encantaba pasarse las horas escuchando el hilo de voz de su hermana. Miraba sus dientes, escuchaba sus delicadas canciones y se prometía casarse un día con ella y llevarla con él a su futura morada principesca.

La otra persona en quien Imre confiaba era Zsolt.

Zsolt no vivía en la casa de las vías; era un ser de la estación. Imre había dudado antes de brindarle su amistad, basándose en el principio de que todo lo que procedía de Nyugati era dañino para él y los suyos. Pero la ausencia de otros compañeros de juegos había abogado en pro de Zsolt e Imre había acabado por moderar su beligerancia.

El padre de Zsolt era inspector y, cuando el chico no tenía colegio, lo llevaba con él a la estación durante su jornada de trabajo. Bajo la gran vidriera, Zsolt tenía que fingir que le interesaban los trenes, que le parecían mortalmente aburridos.

—¿Te diviertes?—le preguntaba su padre cuando sus controles lo devolvían a la estación.

—Chu-chu—pitaba Zsolt, para no decepcionarlo.

Había hecho un inventario de los tipos de asientos que había en los distintos trenes. No sabía cómo matar el tiempo. Ildiko lo vio un día contando los zapatos de los viajeros y las colillas de los cigarrillos en el suelo junto a la ventanilla de los trayectos nacionales. Conmovida con el aburrimiento abrumador que leyó en su cara, lo llevó por las vías hasta la casita de donde Imre, fiel a sus costumbres, había salido desde muy temprano para hacer su guardia frente a Nyugati.

Ildiko le enseñó a Zsolt los horarios que tendría que respetar para poder llegar al islote de la casa en medio del haz de vías. Las primeras semanas se quedaba al final del andén angustiada para ver cómo hacía el recorrido. Elegía a propósito una hora en que hubiera pocos trenes de modo que el chiquillo tuviera tiempo de sobra para llegar a la casa. Las vigas de metal oxidadas escondían innumerables peligros: rasponazos, tobillos torcidos o la inadvertida transmisión del tétanos. Si Zsolt se hacía daño, seguramente iría a quejarse a su padre y el inspector iría a su vez a quejarse a Ildiko. Pero ella no quería tener nada que ver con él. Los hombres de uniforme, como a muchos húngaros, le inspiraban temor. Nunca se sabía a quién podían conocer, a quién podían enviar un informe, y lo hacían—seguro—; la doble botonadura de cobre lo proclamaba. Y, a pesar de la tregua del transformador, la casa de las vías parecía estar siempre a prueba.

La llegada de Zsolt a su vida le hizo perder a Imre su rigor: dejó de vigilar constantemente la estación. No sin cierta inquietud por darle a Nyugati la oportunidad de tender trampas a su familia, valoró que Zsolt lo liberara de su disciplina de centinela. Sus días se habían hecho mucho más interesantes ahora que tenía un amigo. Y Zsolt no era un compañero de juegos cualquiera: su imaginación y su sentido de la retórica eran muy superiores a los de los otros niños. Con toda naturalidad cobró un gran ascendiente sobre Imre y se convirtió en su segundo ídolo, inmediatamente después de Ági la de los dientes bonitos.

Los juegos que inventaba le daban siempre ocasión para pronunciar largos discursos. Si jugaban a soldados, Zsolt era el general y enviaba a sus hombres a combatir recordándoles la importancia de su país, el amor a su tierra, el honor de la familia. Siempre daba con palabras densas y vibrantes que emocionaban a Imre hasta hacerle llorar, y entonces se sentía orgulloso de empujar a todos los soldados al suelo desde el borde de la mesa. Porque morían como héroes, había dicho Zsolt, y ni Imre ni los soldados de madera se habrían atrevido a poner en duda las palabras de su general.

A los dos les encantaba jugar a la guerra, pero no podían hacerlo tan a menudo como les hubiera gustado porque si el abuelo los descubría tenía unos accesos terribles de cólera. Cuando el anciano se enfurecía, parecía que las palabras se enmarañaran en la espesura del bigote, que ocultaba una parte de su boca. Tartamudeaba y escupía al hablar.

—¿Sabéis vosotros lo que es realmente un soldado?—les preguntó a los chicos la primera vez que los sorprendió.

Había metido los dos pies en medio del campo de batalla y estaba aplastando mortalmente al sargento general Janos con la suela de su zapato derecho. Zsolt se había encerrado en un silencio digno e Imre, avergonzado por la baba espumosa que blanqueaba los labios de su abuelo, miraba al suelo consternado. Los chicos sabían perfectamente qué era un soldado y qué era una guerra. Justo después de Navidad, cuando los juguetes todavía olían a nuevo, habían visto las imágenes de la invasión de Afganistán por los soviéticos. Había aviones, carros blindados y montones de hombres jóvenes parecidos al sargento general Janos. Zsolt e Imre no podían estar más al corriente.

—¡Es una bestia!—gritaba el abuelo blandiendo la figurilla que había aplastado—. ¡Una bestia!

Los chicos guardaban un silencio ofendido. El anciano había salido arrastrando tras él su pierna inútil, lanzando sus insultos y su saliva.

—Vosotros no habéis visto nada, no sabéis nada.

Su relación con los niños se enfrió a raíz del incidente. Imre se consideraba injustamente insultado y humillado e Ildiko no había conseguido recomponer al sargento general Janos, que era de Zsolt.

—¿Y él, qué ha visto?—preguntó Zsolt con desprecio, seguro de que no podría ser tan impresionante como para justificar un atentado a sus juguetes.

—¿Qué ha visto?—preguntó Imre a su madre tratando de imitar el tono superior de Zsolt.

Ildiko se limitó a acariciarle el pelo y a dejarle que se acurrucara bajo su butaca. Era la reacción habitual del niño cuando algo iba mal. El espacio de debajo de la butaca de Ildiko tenía el tamaño de su cuerpo hecho un ovillo. Le costaba un poco meterse allí, pero una vez encajado se sentía doblemente protegido por el caparazón de mimbre y el cuerpo de su madre.

Ildiko no sabía qué había podido ver el abuelo. La Segunda Guerra Mundial había sido un caos total durante el cual el país había servido de parque temático para los húngaros, los alemanes y los rusos, que lo habían controlado todo. Cada uno había tenido su tiempo de barbarie y cada uno lo había empleado. Había habido demasiado que ver, pensaba Ildiko. Ella había nacido al final del conflicto, como Pál, y enseguida se había dado cuenta de que no haber vivido la guerra era una especie de frontera inamovible entre su generación y la de sus padres, la del abuelo. No vivirían nunca en el mismo mundo, nunca tendrían la misma visión. ¿Por qué preguntar entonces? ¿Quién iba a indagar unas verdades que sólo la *pálinka* hacía soportables? Ildiko no, ella prefería una ignorancia tranquila. Estaba decidida a enseñarle a Imre que ésta era la única fuente de felicidad. La curiosidad del niño la inquietaba; creía lo que decía el proverbio y que envejecería enseguida.

Ahora, por miedo a las represalias, Imre y Zsolt esperaban a que el abuelo estuviera dormido o rastrillando fuera para sacar de su caja las figuritas de los cascos. Si estaba el anciano elegían otro juego. Tenían muchísimos. Podrían haber pasado meses enteros sin dejar de jugar. Les bastaban unas pocas palabras para transformarse en científicos, aventureros o cazadores de lobos.

Cuando jugaban a los exploradores, Imre era el salvaje y Zsolt se tomaba su tiempo para explicarle cómo funcionaba la civilización moderna. Describía las máquinas que perforan el suelo, los humos de las minas, los ríos cuyo curso se desvía, las tuberías que atraviesan Europa del Este para llevar gas a Budapest.

—Y eso—decía el abuelo cuando estaba en el mismo cuarto—es la prueba del genio húngaro.

Pero Zsolt se limitaba a encogerse de hombros con una mueca de irritación. Se atribuía a sí mismo el genio de todo lo que describía.

Siempre de acuerdo, Imre y Zsolt se entusiasmaban con todo salvo con los trenes. Habían visto demasiados. Y, además, eran conscientes de vivir en la época de los cohetes. Ya podían los trenes seguir circulando por las vías hasta Nyugati y pasar por delante de la casita en que ellos jugaban, los únicos viajes dignos de este nombre se hacían ahora de un planeta a otro.

En 1975, cuando cumplió cuatro años, a Zsolt le regalaron unos muñequitos que conmemoraban la misión *Apolo-Soyuz*, en la que las naves rusa y estadounidense se habían acoplado en dos ocasiones. Zsolt reproducía aquellas maniobras con sus juguetes de unos pocos centímetros, describiendo en el aire una inmensa y lentísima curva. Alrededor no había más que la oscuridad y las estrellas. Las pequeñas naves de plástico erraban en la inmensidad, y cuando estaban a punto de perderse, Zsolt dejaba que la tripulación volviera a encontrar el rumbo en el último momento. Por la minúscula portilla pintada en uno de los lados de la *Soyuz*, los niños podían ver la mirada orgullosa y concentrada de Alekséi Leónov.

Soñaban juntos con el día en que irían al espacio. Zsolt no paraba de hablar de ello, describía el curso de los planetas y la desaparición de la gravedad terrestre. Imre, como de costumbre, se asustaba. Le daba miedo que el agua de su cuerpo le saliera por los oídos para quedarse flotando sin meta ni peso en la nave espacial. Sus órganos se moverían y danzarían en el interior de su cuerpo.

Y, desde luego, no podrían enterrarlo en el espacio. No había suelo.

Cuando crecieron, era Imre el que recogía a su amigo al final de uno de los muelles para irse rápidamente hacia el centro de Pest, muy contentos de dejar atrás la estación que aborrecían. Bajaban hacia el Danubio y aflojaban el paso para aprovechar más tiempo la vista. En el centro, la ciudad se abría en dos, como un fruto maduro, sobre el ancho río, que ofrecía a los vientos una autopista por donde precipitarse. A Imre le gustaba andar por los muelles y sentir los movimientos desordenados del aire. Buda dominaba Pest desde sus montes hirsutos: el monte Gellért coronado con el horror de una estatua soviética que parecía estar levantando pesas, el barrio del Castillo con la cúpula y los tejados verdes, los umbríos bosques de Normafa, la fría colina de la fuente. El suelo de Buda se ondulaba y se curvaba para contemplar mejor la extensión llana de Pest enfrente y las agujas blancas del Parlamento, enorme panza neogótica.

Las dos orillas se tendían puentes como si quisieran cogerse de la mano cada cien metros, puentes de metal, de piedra, verdes, blancos, con águilas, con pesadas cadenas, con cables sutiles, con tranvías amarillos y estatuas de mujeres con los pechos desnudos. Las luces nocturnas iluminaban los collares del Danubio y hacían centellear las lentas olas con fugaces reflejos anaranjados. El puente preferido de Imre era el Lánchíd, el puente de las Cadenas, guardado en sus dos extremos por enormes leones de piedra. Sus grandes ojos almendrados y sus bocas entreabiertas les daban cierto aire melancólico que le recordaba a su padre. Parecía como si el esfuerzo que hacían para componer su dignidad de grandes fieras les impidiera dar la alarma. Imre y Zsolt escalaban a veces los pilares del puente para rascarles las orejas a los leones y cabalgarlos hasta las peligrosas inmensas estepas llenas de peligros que imaginaban muy cerca.

A veces se limitaban a sentarse a la orilla del río, con los pies colgando, manchándose los traseros de blanco con el polvo del muelle. Imre tiraba guijarros al agua gris para espantar a los patos. Zsolt recitaba a Attila József dramáticamente. Le encantaba el pasaje en que evocaba el silencio de esta agua sucia: *Hallgat a mély*, ni un ruido de las profundidades, decía moviendo la cabeza, y miraba a Imre para ver si le daba miedo. Imre siempre tenía miedo. Cuando encontraban en la orilla los restos de algún pez muerto le entraba verdadero pánico y miraba al río con desconfianza, convencido de que bajo aquella oscura superficie se fraguaban tragedias mudas y terroríficas.

Envidiaba la capacidad de Zsolt para citar frases enteras de los clásicos. Admiraba los dos años que le llevaba, su voz, que estaba cambiando, el alcance de su vasta cultura, la seguridad con que decía las cosas. La compañía del ferrocarril había abierto una pequeña biblioteca para los empleados. El padre de Zsolt, que se burlaba de los libros, había cedido sus derechos a su hijo, que los adoraba. Quería ser poeta. Era lo que parecía más opuesto a inspector.

Como el padre de Imre trabajaba en el pequeño puesto de bocadillos-café-tabaco pero no era empleado de la compañía del ferrocarril, no tenía ningún derecho, y tampoco él. Sólo podía leer los libros del colegio, recopilaciones de discursos y de poesías comunistas en las que *társaság* (camaradería) rimaba siempre con *szbadság* (libertad) y en las que los valientes hijos de los obreros morían en la nieve. Imre no sabía qué les pasaba a aquellos chicos, pero siempre encontraban el modo de morir de frío y sin zapatos en cualquier sitio. Deducía con pavor que el comunismo borra el sentido de la orientación. No le gustaban mucho los libros del colegio.

Imre incubaba un pertinaz complejo con respecto a Zsolt y su conocimiento del mundo. Lo miraba desde abajo, tímidamente. Por todo pedía perdón, por preguntar cosas, hasta por respirar. Zsolt se encogía de hombros.

—Son los tiempos—decía—, eres una perfecta criatura del comunismo. No sabes pensar.

LAS GARRAS DE LOS GATOS

Al final del verano de 1983, Ági se fue de la casa de las vías, llevándose sus canciones y la sarta de perlas de sus dientes. Le habían dado una beca para estudiar Traducción y había alquilado un estudio pequeño, cerca de la universidad, en el distrito 9. Era una casa de cemento y hierro, con unas escaleras que olían a col y a flores marchitas. Vivían allí estudiantes y viudas con pensiones bajísimas. De noche, las viejas apartaban las cortinas sin hacer ruido para espiar a los jóvenes que fumaban un cigarrillo en las galerías que rodeaban el patio interior. Los grandes cubos de basura que ocupaban casi toda la entrada sólo se vaciaban cada dos meses, pues nadie echaba nada dentro. Era un mundo de economías y cuchicheos.

A Imre le encantaba ir a visitar a su hermana. El edificio le parecía misterioso y un poco extraño. Le gustaba la promiscuidad en que vivían los inquilinos, que no se conocían, las puertas contiguas en el rellano. Comparada con el aislamiento de su casa, aquella existencia en comunidad era intrigante.

Ági lo invitaba a menudo, prefería que fuera él al apartamento a tener que hacer el camino por las vías y mantener una conversación con sus padres. Ella e Imre compartían, sin habérselo confesado, el sentimiento de no ser de la misma pasta que el resto de la familia. Les encantaba encontrarse lejos de los otros. Cuando Ági invitaba a Imre a sentarse en el taburete de su cocina frente a una taza de té, lo miraba satisfecha. Te harás mayor y serás como yo, se decía a sí misma complacida. No se sentían superiores, sus padres no les inspiraban ningún desprecio. Pero agazapada en el fondo de sus conciencias tenían la convicción de ser diferentes, algo les musitaba que los moradores de la casita de madera no tenían sus sueños, ni el ímpetu de sus ambiciones, ni la vivacidad de su risa.

Fueran las que fuesen las noticias que Imre le trajera de su familia, Ági sentía una especie de tristeza cuando las oía. Le daba la impresión de que sus padres estaban perdiéndose algo. Ági tenía una romántica idea del mundo muy alejada de las costumbres en la casa de las vías, pensaba que cada ser y cada acción eran una nota de violín en la gran sinfonía de la existencia. Por la noche, cuando se metía en la cama, con los ojos fijos y secos, con los nervios agitados por pequeños sobresaltos, estaba convencida de que oía un poco de aquella música. Imre, pensaba ella, también la oía, pero sus padres estaban completamente sordos.

Cuando estaba en casa de su hermana, a Imre se le olvidaba que aquél no era su apartamento y que tendría que volver a Nyugati. Sentía que estaba en su sitio, se sentía independiente, mayor. A veces coincidía con alguna amiga de la universidad que había ido a preparar un examen con Ági y, atrapado en la pequeña mesa entre las dos chicas, vivía momentos de éxtasis. Estaba Krizstina, que llevaba dos prendedores rosa en su melena rubia; Lila, que tenía la piel blanca y olía a arándanos, y Juli, cuyos pechos enormes tiraban de sus blusas. Le despeinaban el pelo y le decían *Drágám*, querido; e Imre se afanaba obsesivamente en ocultar que los pies no le llegaban al suelo cuando se encaramaba en su taburete.

Le habría gustado pasar todo el tiempo en casa de su hermana, pero en cuanto se hacía de noche ella lo mandaba de regreso. Ágnes volvía entonces a sus trabajos, a sus libros incomprensibles, a sus diccionarios tan pesados que destrozaban los brazos, a todas aquellas cosas importantes que Imre veía encima del escritorio del pequeño apartamento y que cuando llegaba la noche le robaban a su hermana. Él habría querido que ella sólo lo quisiera a él, cada adiós era una tortura y motivo de una crisis de celos.

Como no podía estar cerca de ella, Imre veía a Zsolt cada vez más. Pero los juegos clásicos empezaban a aburrirlos. Habían arrinconado los restos del sargento general Janos en una caja y le habían seguido luego los cosmonautas y los cohetes. Hasta habían abandonado sus fieles monturas, los leones del puente de las Cadenas. Ahora, con las manos vacías y balanceando los brazos, buscaban otras ocupaciones más peligrosas, más emocionantes. Zsolt, sobre todo, se negaba a seguir con los juegos imaginarios. Prefería hacer algo con el cuerpo. Desde que Hungría había quedado sexta en el medallero de los Juegos Olímpicos de Moscú, pensaba que su futuro y el de Imre estaban en el deporte.

El boicot de los Juegos de 1984 por la mayoría de los países del bloque comunista les dejaba tiempo para entrenarse. No tenían caballos, ni arcos, ni mancuernas; sólo Zsolt tenía una bicicleta a la que se le salía la cadena constantemente. Eligieron las disciplinas más sencillas, la natación y las carreras a pie. De vez en cuando se lanzaban el uno contra el otro gritando expresiones de judo que se inventaban ellos. Intentaron organizar sus propios Juegos Olímpicos con algunos otros chicos que conocían. Pero el día en cuestión llovió y nadie acudió a reunirse con ellos en la isla Margarita para participar en las pruebas. Zsolt escupió al suelo y le dijo a Imre que nunca tendrían un equipo digno de tal nombre para los Juegos de 1988. Abandonaron las Olimpiadas.

A Zsolt se le ocurrió entonces organizar combates entre los gatos del Museo Nacional. Había una decena en los jardines, alimentados por los habitantes del barrio. Estaban acostumbrados a que los vecinos se les acercaran y los dos chicos no tuvieron mayor dificultad para capturarlos. Salieron del lance con algunos arañazos en los brazos, pero inmediatamente pensaron que podía haber sido peor, que podían haberles desgarrado la cara, rajado los labios o sacado los ojos. A medida que crecía, Zsolt desarrollaba una inclinación por lo macabro. Mientras llevaba bajo el brazo el cesto que contenía a los futuros combatientes, trataba de imponerle a Imre que imaginara cómo sería la vida de un chico sin ojos. Imre apretaba más la tapa de su cesta, aterrorizado con la idea de que saltara alguno de los gatos. Tenía en mucho sus ojos, en parte por coquetería, en parte porque los suyos eran los ojos de su padre y le habían dicho que también los de su abuela. Su abuela Sara Mándy, la abuela muerta. Él no la había conocido, pero estaba orgulloso de aquella filiación y de sus ojos.

Zsolt había visto un sótano descerrajado cerca de la estación donde podrían organizar el combate. La puerta, de doble hoja, se abría a la calle y daba paso a un sótano bajo el edificio medio arruinado. Barrieron el suelo y lo limpiaron de hojarasca y vidrios rotos. Luego delimitaron un ring con unas tablas y un colchón viejo que encontraron en la calle.

Habían calculado que, a razón de diez forintos por persona, amasarían una cantidad de dinero suficiente como para hacer olvidar los arañazos. Invitaron a unos cuantos chicos elegidos por sus arrestos o por su riqueza a presenciar lo que Zsolt anunciaba como el acontecimiento del año. Llegaron cuchicheando, con los bolsillos tintineantes de monedas para apostar por los contendientes. El sótano se llenó enseguida y la penumbra se pobló de gritos excitados de los espectadores. Pero después de que Zsolt e Imre recogieran el dinero de las apuestas y anunciaran con estilo épico el primer combate, los dos gatos que soltaron en el improvisado ring se negaron a combatir. No mostraban el menor signo de agresividad, se paseaban lentamente sin preocuparse de su adversario. Uno de ellos encontró un resquicio entre las tablas y se escapó del sótano antes de que los chicos tuvieran suficiente presencia de ánimo para cerrar la puerta. Zsolt, nervioso, anunció el combate siguiente, y entre los gatos que quedaban eligió los dos que tenían el pelo más desgreñado y las orejas extrañamente dentadas, que le parecieron indicios de un temperamento belicoso y una vida llena de batallas. Pero una vez más los combatientes se contentaron con tantear y rascar el suelo con cuidado tras afilarse las garras en el borde del colchón. Excitados con la punta de un palo, gruñeron en dirección al público sin volverse una sola vez contra su adversario. Los apostantes gritaban que aquello era un timo y uno de ellos, al que siguió rápidamente el pequeño gentío, exigió que les devolvieran el dinero inmediatamente.

Cuando Imre, muy contrariado, empezaba a sacarse de los bolsillos las monedas y se disponía a redistribuirlas, Zsolt tuvo una idea genial: combatirían ellos dos, él contra Imre. Él sería el gato atigrado e Imre, el gato negro. Nadie tenía por qué recuperar el dinero ni cambiar la apuesta.

—Pero yo no quiero pelear contigo—protestó Imre.

La concurrencia respondió a esta prueba de amistad con gritos y abucheos. Zsolt se quitó el jersey verde que llevaba encima de la camiseta. Lo dobló y se lo dio a uno de los chicos del público.

—¿A qué esperas?—le preguntó a Imre, que no movía un dedo.

Y se puso a saltar de un pie a otro para calentar. Imre aún confiaba en que Zsolt estuviera bromeando. Estaba petrificado, pegado al colchón que delimitaba el ring. A su espalda, los chicos le empujaban para que avanzara. Él les daba codazos sin dejar de mirar de hito en hito a su amigo. Esperaba un guiño, alguna señal.

Zsolt lanzó al aire un primer golpe que falló por mucho. Imre se tranquilizó: Zsolt se contentaba con hacer un amago de pelea para calmar a la asistencia. Y ellos dos echarían enseguida a los espectadores y se repartirían tranquilamente el dinero. Imre levantó también los puños a la altura de la cara y se puso a dar saltitos. Y por encima de la guardia le dirigió a Zsolt una sonrisa cómplice para hacerle comprender que se había percatado del plan.

Aún flotaba la sonrisa en sus labios cuando recibió el impacto del puño de Zsolt en la mandíbula. Inmediatamente sintió que la boca se le llenaba de sangre y la escupió al suelo. Cuando volvió a ponerse en posición de combate, se dio cuenta de la cara de alegría de su adversario. No era el rictus cruel de un villano de película, era una verdadera felicidad amistosa. A Zsolt le gustaba jugar a aquello con Imre. Le gustaba ser un boxeador. Probablemente se estaba contando a sí mismo toda una historia mientras daba saltitos de un pie al otro. Quizá se imaginaba que era el puto László Papp con sus tres medallas de oro olímpicas al cuello.

Alrededor del ring, los otros se divertían tomando el combate por una auténtica pelea de gatos. Les animaban a maullar y a morder. Pero Imre y Zsolt no hacían el menor caso de aquellos gritos. Zsolt porque era Lázsló Papp e Imre porque seguía sin acabar de creerse que estaba en medio de aquel círculo por idea de su mejor amigo.

Recibió un segundo golpe. Esta vez Zsolt le pegó en pleno vientre. Se dobló en dos, sin aire, escupiendo en el suelo un poco más de la saliva rojiza que tenía en la boca. El golpe fue saludado por el público con una salva de aplausos. Cuando Imre levantó la cabeza para lanzarle a Zsolt una mirada cargada de reproches, el puño de su amigo le machacó un ojo. Hubo silbidos de admiración. Aquello bordeaba la alevosía. Se regodeaban en la traición de Zsolt. A Imre le pareció notar las junturas de sus dedos hundiéndose ligeramente en la blandura de su ojo. Le empezó a arder toda aquella parte de la cara.

Gimió y volvió a escupir.

—Tu puta madre—musitó, aún doblado en dos.

Era el último juramento. El que no se podía decir. Cuando el abuelo perdía el sentido de la medida y se dejaba llevar en sus maldiciones hasta aquel punto, Ildiko se negaba a cocinar para él durante días. Imre lo había oído alguna vez, pero nunca lo había pronunciado. Siempre había creído que aquella clase de palabras le pudrirían los labios, le sacarían los dientes de sus alveolos. Pero la situación actual no admitía otra fórmula.

Saltó sobre Zsolt, en contra de cualquier regla de boxeo, y le mordió en el primer sitio que pudo. Lo que encontró fue su hombro derecho, sus dientes chocaron con la clavícula y Zsolt lanzó un gritito agudo. En respuesta, los chicos del público aullaron entusiasmados. Zsolt se deshizo como pudo de la presa de Imre y lo tiró al suelo, donde le propinó algunas patadas antes de que el otro empezara a levantarse y todavía de rodillas le lanzara un puñetazo a la entrepierna. El gemido de dolor que surgió de los espectadores le hizo comprender que incluso en un combate sin reglas la solidaridad masculina prohibía aquel tipo de agresión. Aquélla era la primera ocasión que inducía a Imre a considerar la *especificidad* de los órganos sexuales. Dentro de poco no pensaría en nada más que eso. Pero aquel día apenas tuvo unos segundos para dedicarse a aquella reflexión porque pronto el dolor dejó de mantener paralizado a Zsolt y se lanzaron otra vez el uno contra el otro.

Ahora rodaban por el suelo del sótano, levantando polvo y hojas secas, tan agarrados el uno al otro que el público ya no distinguía quién golpeaba a quién. El espectáculo dejó de ser interesante y algunos chicos decidieron lanzarse en persecución de los gatos. Otros se pusieron a jugar a las cartas. El silencio detuvo a Zsolt y a Imre. Medio tirados por el suelo, se miraron estupefactos.

Iban por la calle y la sangre empezaba a formar costras en sus arcos ciliares y alrededor de sus bocas. El viento fresco calmaba el ardor, pero los golpes recibidos parecían seguir haciéndoles vibrar los huesos de sus caras y resonando dentro de sus cabezas. Cada uno llevaba la mitad de la recaudación de la velada en monedas de cobre y jugueteaban con ellas dentro de los bolsillos. Ahora la suma parecía irrisoria. El ojo y el pómulo derechos de Imre estaban violáceos. Zsolt se había partido el labio al caer. Tenían el pelo y la ropa llenos de polvo. Imre tenía el cuello de la camisa manchado de sangre.

—Yo no puedo volver a casa así—dijo.

—Podríamos ir a casa de tu hermana—dijo Zsolt.

Desconcertado, a Imre se le abrieron los ojos de par en par. Mejor dicho, se le abrió el ojo derecho. El otro, bajo el párpado hinchado y ennegrecido, se resistió a la maniobra.

—Para lavar tu ropa—explicó Zsolt—y, además, ella tendrá maquillaje, polvos, algo para disimular.

Imre vacilaba, por un lado, la idea de ver a su hermana le hacía feliz, pero, por otro, no dejaba de inquietarle tener que llevar a Zsolt al pequeño apartamentito. Lo consideraba el templo particular de su relación con Ági y Zsolt no podría entrar en él sin profanarlo.

No era la primera vez que su amigo le proponía que fueran a casa de Ági. En diversas ocasiones durante sus paseos Zsolt había hecho notar como de pasada que estaban cerca de donde ella vivía y que lo más seguro era que en aquel momento estuviera en casa. Al principio Imre había pensado que Zsolt tenía envidia de que él dispusiera de un sitio como aquél, que le proporcionaba cierta independencia; luego había empezado a sospechar que Zsolt quería ver a Ági más que el apartamento.

El modo en que Zsolt pudiera pensar en su hermana incomodaba a Imre. Presentía que debía de ser diferente al suyo no sólo a causa de la relación familiar, sino también porque Zsolt había llegado a la pubertad mientras que él seguía siendo un niño de doce años sin barba y sin voz de bajo.

Bastaba la edad para que Imre estuviera celoso y se negara a compartir a Ági con su amigo; ella acababa de cumplir veinte años y Zsolt iba a cumplir quince. Imre temía que el hecho de que él estuviera en su compañía les pudiera parecer una regresión. Le daba miedo que los dos seres que más quería en el mundo formaran una coalición de adultos de la que él quedara excluido. La simple idea de cruzarse un día con Zsolt y Ági riéndose juntos, cogidos del brazo, hacía que se le llenaran los ojos de lágrimas. Pero era tarde, no tenían otro sitio donde limpiar las huellas de su pelea y además nunca había podido decirle que no a Zsolt.

—De acuerdo—acabó por decir.

Los dos chicos atravesaron Pest andando lentamente. No había nadie en las calles oscuras. Imre se apretaba las costillas. Zsolt contraía la cara a cada paso. No había pedido perdón. De vez en cuando Imre sentía el deseo violento de volver a pegarle. No le había ido mal en la pelea. Aquel combate estúpido había sido idea suya y debería haberle costado más caro. Era injusto, era como si Zsolt saliera siempre bien parado.

Llamaron por el viejo telefonillo y tuvieron que esperar varios segundos para obtener respuesta. Finalmente les llegó la voz de Ági, un poco nerviosa, entre los ruidos del aparato. Las llamadas a aquellas horas nunca eran un buen indicio.

—¿Quién es?

—Soy yo—dijo Imre.

—Y Zsolt.

Ági dudó unos momentos y luego les abrió sin preguntar nada. Subieron los tres pisos entre quejidos, las articulaciones les rechinaban en cada escalón. Ági había entreabierto la puerta de su apartamento. Los estaba esperando en la pequeña cocina mientras calentaba agua. Cuando vio sus caras tumefactas, se sobresaltó. Zsolt afectaba el aire despreocupado de quien está acostumbrado a las heridas de guerra.

—¿Qué os ha pasado?—les preguntó Ági, al tiempo que alineaba en la mesa tres tazas de hierro esmaltado.

Imre abrió la boca para acusar a Zsolt, pero su amigo fue más rápido.

—Nos hemos peleado con la policía política—soltó, mientras intentaba sentarse con agilidad en una de las sillas.

Ági meneó la cabeza con una sonrisita.

—Espero que los hayáis despistado antes de llegar aquí. No me gustaría tener problemas.

—No te preocupes—contestó Zsolt—, la situación está perfectamente controlada.

La réplica procedía de una película que él e Imre habían visto dos semanas antes. No les había gustado, incluso habían salido del cine antes de que terminara. Imre, furioso, se removió en su silla. Su hermana le despeinó el pelo.

—Deberíais volver, en casa estarán preocupados.

—También se preocuparán si volvemos.

Ági echó una rápida mirada a sus moratones y a las manchas de su ropa y frunció el ceño.

—¿No podrías prestarnos un poco de tu maquillaje? —preguntó Imre—, podríamos camuflar las heridas y los moratones.

—Si no nos reconocerán en la calle y nos meterán en la cárcel—dijo Zsolt—o en un campo.

La historia era cada vez menos creíble, Imre hizo un gesto de contrariedad. Los campos de concentración habían desaparecido de Hungría treinta años antes. La risa de Ági se agrandó y bostezó para disimular.

—Ven—dijo, mientras le quitaba la ropa a su hermano pequeño—, te voy a lavar con agua fresca.

Él se dejó hacer, tiritando con el torso desnudo en la cocina, pero feliz por los gestos tiernos de Ági. Ojalá los viera Zsolt y se muriera de envidia. Ági apartó algunas piezas de la vajilla para poner la camiseta en agua dentro de la pila. Volvió a echar té en las tres tazas alineadas en la mesa y luego examinó de nuevo aquellas caras lastimadas.

—Os voy a poner base de maquillaje, pero quiero que os vayáis en cinco minutos.

—¿Por qué no nos podemos quedar?—preguntó Zsolt.

Imre pensó que Zsolt se estaba ganando una paliza suplementaria.

Curiosamente, la pregunta hizo que Ági se ruborizara. Se mordió los labios, se encogió de hombros y salió del cuarto diciendo:

—Cinco minutos.

En ese momento, Imre se dio cuenta de que las piezas de vajilla que Ági había sacado de la pila eran dos platos y dos vasos manchados de vino tinto. Siguió a su hermana con la mirada y observó que cerraba cuidadosamente la puerta de su habitación después de haber entrado. Luego su mirada se cruzó con la de Zsolt, que tenía aspecto de pensar lo mismo.

Sin decir palabra, se levantaron y se acercaron con paso

quedo a la habitación. Se oía un murmullo detrás de la puerta. Zsolt pegó el ojo a la cerradura. La habitación estaba oscura y no se veía casi nada. Pero súbitamente alguien se incorporó en la cama y encendió la lamparita de la mesilla de noche.

Zsolt se despegó inmediatamente de la puerta.

—Mierda, mierda, mierda—rezongó en voz baja.

Su reacción hizo que Imre se espantara. Se echó hacia atrás agitando los brazos en el aire a punto de caerse de espaldas, pero Zsolt lo cogió por los hombros.

—Mira—le apremió, mientras Imre se resistía con torpeza.

Imre se negaba a mirar con vigorosos movimientos de cabeza, pero su amigo no lo soltaba. Finalmente se decidió a mirar también él por la cerradura.

—Está en bolas—dijo Zsolt.

Y sacaba la lengua con una mueca nerviosa, escupiendo un poco, como para quitarse un sabor inmundo de la boca.

—Completamente en bolas, se le ve hasta la polla.

Aquello era demasiado para Imre. Por un instante lo consoló que no fuera a Ági a quien Zsolt hubiera visto desnuda. Pero inmediatamente volvió a pensar en lo que acababa de ver y casi se puso malo. Lanzó un grito de asco. Ági estaba detrás de la puerta, en la misma habitación que *una polla y todo lo demás*. No era posible.

La puerta se abrió.

—¿Se puede saber que estás haciendo?

Ági llevaba en las manos todo un surtido de polvos y cremas. Parecía furiosa.

—¿Quién es ése?—le preguntó Zsolt sin perder su seguridad.

Trataba de mirar dentro de la habitación por la puerta entreabierta. La chica la cerró con el codo.

—¿Quién? Ahí no hay nadie.

Una simple mirada a los dos chicos la persuadió de que no iba a convencerlos. Imre parecía verdaderamente traumatizado. Y Zsolt oscilaba entre la excitación y el malestar.

—El hombre desnudo—dijo Imre—, ése de la polla.

Ági lanzó un gemido. Aquella palabra en la boca de un niño era espantosa. Trató de arrastrar a los dos chicos a la cocina, pero Imre, bloqueado, con la mirada perdida, ponía el pie delante de la puerta.

—Dinos quién es—repetía—. Enséñanoslo.

—¿Qué?

—Enséñanoslo. Al hombre desnudo.

Parecía como si Imre estuviera hablando de una especie de animal raro. Una bestia que dormía en una jaula y que Ági podía ofrecer a su curiosidad.

—No habla húngaro—dijo ella.

Los dos chicos recelosos y tercos la miraron de abajo arriba.

—¿No habla húngaro?—preguntó Imre.

Aquello le parecía imposible. Por supuesto, no ignoraba que en otros países del mundo se hablaba toda clase de lenguas diferentes, pero que en el apartamento de Ági hubiera un hombre, un hombre desnudo, que no supiera húngaro le parecía surrealista.

—¿Es un ruso?—quiso saber Zsolt.

Había oído muchas cosas obscenas a propósito de las chicas húngaras que se liaban con soldados rusos. Ésa era la expresión que utilizaba su madre, *liarse*.

—No—dijo Ági.

—¿Es un yanqui?—preguntó Imre.

Evidentemente no era estadounidense. Pero la pregunta se desprendía de la anterior. Se trataba, después de todo, de las dos nacionalidades más interesantes del mundo. Las demás forzosamente serían un poco decepcionantes. Aunque, pensaba Imre, un papúa no dejaría de ser una bonita sorpresa. Pero no se atrevió a preguntarle a Ági si era un papúa. Le dio miedo que soltara el maquillaje y les diera una bofetada.

—Es un escritor—dijo Ágnes.

Pronunció la palabra como si se tratara de una nacionalidad. Los chicos menearon la cabeza en silencio y optaron por seguirla a la cocina.

La muchacha dejó su cargamento en la mesa. Sacó una borla y un pincel de una caja alargada de madera clara.

—¿A quién maquillo primero?—preguntó.

A Imre le pareció que su tono era demasiado alegre. Trataba de hacerles olvidar al hombre desnudo del otro lado de la puerta. Enfadado y muy digno, se sentó en la silla dirigiéndole una mirada cargada de reproches.

Ági empezó por lavarle la cara con un trapo húmedo para quitarle los restos de sangre seca. Imre se removía en la silla cada vez que el paño pasaba por una de las partes más doloridas de su cara.

—Menuda bestia te ha atacado—comentó Ági.

Incómodo de repente, Zsolt se puso a contar las baldosas del suelo de la cocina.

Ági realizaba la tarea con profesionalidad. Buscaba las tonalidades más adecuadas, enrojecía los pómulos, oscurecía el contorno de los ojos. Los azules y los morados de la piel magullada iban desapareciendo poco a poco bajo las distintas capas de color, bajo una nube de polvos. Cuando le alargó un espejito de bolsillo a Imre, éste observó su imagen encantado. Le pareció que tenía el aspecto de una estrella de cine o de un modelo publicitario. Ensayó dos o tres sonrisas diferentes y le parecieron perfectas. En su júbilo casi olvidó al hombre de la polla, pero cuando Ági le cogió el espejo de las manos le dijo en voz baja:

—Será mejor que no cuentes nada de esto en casa.

—¿Te vas a casar con él?—le preguntó Imre.

Por exclusivo e inmenso que hubiera sido su amor por Ági, a aquellas alturas ya había comprendido más o menos que no podría casarse con ella. Estaba dispuesto a aceptar que el puesto de marido, que le parecía insignificante, fuera ocupado por otro. Siempre y cuando no fuera Zsolt. Incluso le hubiera gustado ver a su hermana vestida de novia e ir a la fiesta, en la que habría abundante comida. Y pasteles. Tenía la vaga sensación de que después de lo que acababa de ver por el agujero de la cerradura le debían pasteles. Muchos. Pero Ági suspiró y dijo:

—No lo sé.

—¿Por qué?—insistió Imre.

—Es complicado.

Se le notaba en la mirada que la idea le gustaba. Con sus bucles morenos, sus dientes blancos y su cuerpo estilizado, para Imre y para Zsolt era la mujer más guapa del mundo. Que alguien tuviera la posibilidad de casarse con Ági y no lo hiciera les parecía ilógico, casi absurdo. El hombre de la polla se convirtió en un misterio aún mayor: ¿de dónde venía para no darse cuenta de la suerte que tendría si se casara con aquella muchacha? A lo mejor era verdaderamente un papúa.

—Es demasiado pronto—dijo Ági—, ni siquiera sé si va a quedarse.

Súbitamente la cara se le puso un poco triste. Para sacarla de sus pensamientos, Zsolt se instaló en la silla del maquillaje.

—Ahora me toca a mí.

Señalaba cada rasguño apremiando a Ági para que se empleara en aplicarle el fondo de maquillaje. Cuando ella se detenía con el pincel en el aire, él insistía enardecido:

—También la oreja, tienes que hacerme la oreja, estoy seguro de que está colorada.

Al cabo de unos minutos la sonrisa de Ági volvió. Oía a Zsolt parlotear alegremente, ensartando sus frases: «y el caballete de la nariz» o «justo debajo de la barbilla».

—Un día Brézhnev—empezó a contar Zsolt, imitando con sus dos dedos índices las enormes cejas del secretario general—invita a su madre al Kremlin para enseñarle cómo ha triunfado. Es la primera vez que la anciana ha salido del pueblo.

—Lo conozco—dijo Imre con retintín.

Pero Zsolt siguió:

—Brézhnev quiere impresionarla y se lo enseña todo: los cuadros y las estatuas con su efigie, los asientos de su coche tapizados de terciopelo, su helicóptero, la lámpara de araña de su habitación... Y cuanto más le enseña más parece encerrarse ella en sí misma. Pero él continúa: ¡Fíjate, mamá!, y le enseña la vajilla de oro, la gente que se arroja a sus pies, los autógrafos de las actrices más guapas de Rusia... Pero nada de esto alegra a la anciana señora Brézhnev, de hecho niega con la cabeza apenada. Pero, mamá, ¡tú querías que llegara a ser alguien! ¿Qué más quieres?, ¡Ay, Leonid!, contesta la madre, inquieta, todo esto está muy bien, claro que sí. Pero ¿qué será de ti si vuelven los comunistas?

—Si vuelven los comunistas—repitió Imre, como un eco, para demostrar que él ya sabía cómo terminaba la historieta.

Cuando los dos chicos se separaron en la calle delante de la casa de Ági, Imre se detuvo a los pocos metros para comprobar que Zsolt se iba. Tenía miedo de que la despedida no fuera más que una treta y que su amigo intentara regresar al apartamento de Ági. La presencia del hombre de la polla no era, para él, una garantía suficiente de que Zsolt se mantuviera lejos. Un chico capaz de darle una paliza a su mejor amigo a cambio de cincuenta forintos no merecía la menor confianza. Pero Zsolt desapareció a la vuelta de la esquina y no volvió atrás. Tranquilizado, Imre emprendió el camino de la estación ensayando distintas poses de actor cuando pasaba por delante de los escaparates ya apagados.

DIOS Y EL ORDEN ANTIGUO

Según el abuelo, Sara Mándy había muerto en 1955 de un exceso de comunismo. Pál tenía diez años.

Sus restos reposaban en el gran cementerio de Kerepes, al este de la ciudad. Su tumba era un rectángulo de flores rodeado por una vallita baja en cuya parte superior había una pequeña cruz de madera protegida con un tejadillo, como una casita para pájaros. En el brazo horizontal de la cruz figuraba: SARA MÁNDY, DE SOLTERA TOTH, 1920-1955, lo cual era raro, porque en las lápidas de muchas mujeres sólo aparecía el nombre y apellido de sus maridos. Las vecinas de tumba de Sara se llamaban señora de Peter Katona, señora de Robert Krudy, como si no hubieran sido nunca solteras. Su identidad propia no podía leerse en ningún sitio.

Imre acompañaba a menudo a Pál al cementerio. Arrancaban en silencio las malas hierbas del rectángulo de flores. Se les ensuciaban las uñas de tierra negra. Imre no se atrevía a hacer preguntas. Intentaba hacerse cargo del trauma que podía suponer la muerte de una madre. Trataba de imaginar la vida sin la butaca de Ildiko que lo protegía de sus miedos infantiles. No lo conseguía. Le habría gustado saber si el carácter melancólico de su padre procedía de aquella pérdida temprana.

El abuelo dejaba a veces caer que Pál nunca había hablado mucho, ni siquiera cuando Sara vivía. Es como un pez—decía—, tiene la sangre fría. E incluso: Es hijo de su madre y de la tristeza, nunca ha habido manera de sacarle una sonrisa.

El abuelo no tenía nunca una palabra tierna para Pál, su

relación era extrañamente distante. Sus penas de viudo y de huérfano no coincidían nunca, jamás las compartían.

Tampoco a Sara le dedicaba ninguna palabra tierna. Sólo la cólera. Cada vez que evocaba a su mujer, el abuelo no profería sino los juramentos que le llegaban a la boca para maldecir a Stalin, a Rezső Seress y a los hortelanos. Parecía estar convencido de que un extraño complot los había reunido con objeto de quitarle la vida a Sara.

A Imre lo habían acunado estos insultos que no entendía. El porqué de los hortelanos en particular era algo que se le escapaba. Pero para él los juramentos se asociaban a la difunta. En su imaginación Sara estaba rodeada de un rosario de injurias.

Una vez le había pedido a su padre que le hablara un poco de ella y Pál le había contestado:

—Tenía un lunar debajo del ojo.

Imre no había podido sacarle más. Sabía qué aspecto tenía su abuela. Había una fotografía de su boda en el viejo misal que conservaba Pál. Era pequeña y delgada, con cara de niña, unos ojos grandes, castaños y serenos—los ojos que había heredado Imre—y un gran lunar justo debajo de las pestañas del ojo izquierdo. De su abuelo y de sus tías había llegado a obtener algunos retazos de información, pero muy pocos para su gusto, y además no concordaban todos. En torno a Sara había un misterio.

—El niño curioso se hace viejo enseguida—le repetía Ildiko.

Pero a Imre le habría gustado conocer a su abuela. Todo lo que sabía de ella estaba encima de su tumba: Sara había querido conservar su nombre. Su vida no había sido asimilable a la del abuelo. E Imre respetaba a su desconocida antepasada por mantener su independencia hasta en la muerte.

Le habría decepcionado enterarse de que su vida no había tenido nada de extraordinaria. Sara Toth había compartido el destino de muchas jóvenes de su época.

Los años veinte habían sido una época difícil para Hungría, que había salido de la Primera Guerra Mundial perdiendo dos tercios de su antiguo territorio y su estatuto real. *Ya no tenemos mar, ya no tenemos montañas, ¿dónde están los bosques de mi niñez?*, rezaba con tristeza una canción popular. Sara, para quien el orden del mundo tenía la condición de la santidad, había crecido con la esperanza de que un día vería colocar la corona de san Esteban en una cabeza legítima. Ella creía que el futuro de su país pasaba por la restauración del reino húngaro. Después de la guerra, hubo un breve caos. El gobierno comunista de Béla Kun—una aberración, según Sara—había sido rápidamente reemplazado por el régimen conservador del almirante Horthy, erigido en regente del país, que había escenificado minuciosamente su toma del poder, entrando en la ciudad en un caballo blanco, embutido en su uniforme. Pero un regente no era un rey y un almirante en un país que ya no tenía mar frisaba lo ridículo.

Sara soñaba a menudo con el pasado; le hubiera gustado haber nacido en la época del Imperio, en los tiempos en que las familias reales de otros países de Europa venían de visita al Castillo. Le hubiera gustado ver pasar a los príncipes y a las princesas en sus engalanadas carrozas con sus vestidos de baile. Seres excepcionales, amados del Señor. El acercamiento de Hungría a la Alemania nazi en la década de 1930 la dejó atónita. Le parecía que Hitler carecía de toda elegancia y añoraba con mayor amargura aún los tiempos en que los dirigentes del país eran aristócratas elegidos de Dios y no militarillos agresivos. Cuando en 1944 un comando alemán se introdujo por la noche en el Castillo para secuestrar al hijo del regente y obligarle a nombrar primer ministro a Szálasi, Sara vio confirmada su idea de que los nazis eran demonios sin honor.

Ella se había criado en Várpalota, una pequeña ciudad minera del Transdanubio, y la habían educado las monjas. En las fiestas religiosas participaba en las procesiones y se sumía en la marcha lenta del gentío y en el sonsonete de los cánticos. Únicamente en aquel contacto con Dios encontraba un poco del orden del mundo tal y como debería haber sido y que le había sido robado por los sobresaltos de la historia.

En los veranos de su infancia había todavía algún domador de osos que hacía bailar a su animal en la plaza de Várpalota. Pero eran los últimos. Era como si la guerra hubiera echado de Hungría a la nobleza austríaca y a los gitanos. Los primeros habían vuelto a Viena, como era lógico. Pero ¿qué había sido de los otros? Sara imaginaba a veces que al otro lado de alguna de las nuevas fronteras del país se había levantado un pueblecito de osos bailarines y de adivinadores del futuro. Allí se cruzarían por las calles los osos en sus monociclos y sus domadores con sus látigos metidos en el cinturón e intercambiarían recuerdos de sus giras internacionales de los tiempos de la Mitteleuropa.

En 1934 los padres de Sara murieron bajo la cubierta de la lonja que se vino abajo un día de mercado y mató a nueve personas. Sara tuvo que dejar la casa familiar e irse con sus dos hermanas mayores a Budapest. Tenían una tienda de ropa para la casa. Sara plegaba con cuidado los retales que olían a polvo y metía entre los pliegues guirnaldas de castañas para ahuyentar a las polillas.

Hablaba poco, dedicaba sus días a rezar por las almas de sus padres. Sus hermanas pensaban que acabaría metiéndose a monja. Desde un punto de vista financiero, el convento les habría venido bien.

Pero Sara conoció a Imre Mándy en la iglesia, en la Semana Santa de 1937. Él tenía veinte años y con su flamante uniforme de policía, tan nuevo que crujía cuando se movía, representaba la defensa del orden tan querido por Sara, el atuendo bueno del mundo. Enseguida le gustó. En la fotografía de la boda, él lleva su uniforme. Aquello era algo que siempre había intrigado a Imre, que pensaba que su abuelo trabajaba en la compañía del ferrocarril.

—Eso era antes—comentaba el abuelo cuando el niño le ponía delante la fotografía.

—¿Antes de qué?—quería saber Imre.

—Antes de la guerra—decía el viejo—, luego ya no fue lo mismo... Luego era mejor ser soldador. El uniforme no tenía el mismo sentido. La Iglesia tampoco, por otra parte.

—¿Fue en la guerra cuando te hirieron en la pierna?

A Imre le había impresionado mucho un día en que sorprendió a su abuelo con las piernas al aire, dejando ver una columna de carne oscura y nudosa, un palo rugoso, hueco, rígido.

—No. Fue después. Más tarde. Después de tu abuela, incluso.

—¿Qué te pasó?

—Pregúntaselo al hijoputa de Stalin.

Ildiko se precipitaba a tapar los oídos de su hijo con sus manos gordezuelas. Tenía miedo de que repitiera en la calle las cosas que decía su abuelo.

Al final de la guerra los rusos habían enviado a las dos hermanas de Sara a una mina de sal. Tras unos cuantos meses de trabajos forzados, habían decidido poner fin a sus vidas envenenándose con la sal de las galerías. Se tragaron la sal gris y áspera a puñados. Sara no las volvió a ver nunca. Imre Mándy y los tres hijos que tuvieron se convirtieron en su única familia.

Pál era el más pequeño. Y, con mucho, el preferido de

su madre. Sus hermanas, Panka y Eszter, sólo se llevaban nueve meses y se pasaban todo el tiempo jugando juntas. Pretendían que se las considerara como gemelas. Pensaban que los hombres eran inferiores porque Pál se hizo pis en la cama hasta mucho después que ellas. Es porque es pequeño, les explicaba Sara. Pero ellas no querían admitir ninguna excusa.

Su falta de cariño se debía sobre todo a que Pál no se parecía nada a ellas. A Imre no dejó nunca de sorprenderle la ausencia de un aire de familia entre Pál y sus hermanas. La cosa era aún más evidente porque las cuasi gemelas eran el vivo retrato la una de la otra, incluso cuando se hicieron mayores. Tenían la mandíbula prominente de su padre, las mismas cejas castañas y los mismos ojos verdes. Eran bajitas, chaparras y con los dedos sorprendentemente cortos. Pál, en cambio, era delgado y alto con los ojos grandes y castaños. Decían que se parecía mucho a Sara.

—¿Y por qué no a ti?—le había preguntado un día Imre a su abuelo.

—¿Qué coño puede importar eso?—le había contestado el viejo.

Y se había puesto una vez más a maldecir entre dientes que se fuera el mundo a la porra, que reventaran todos y que así se murieran los hortelanos.

Pál se había refugiado mucho tiempo en las faldas de su madre. Ella se sentaba inmóvil en un rincón del salón y rezaba por sus hermanas desaparecidas en Rusia, que no tenían tumbas donde ir a llorarlas. Su inmovilidad y el murmullo de sus oraciones no inquietaban al niño. Le gustaba el misal que su madre sostenía entre las manos. Le atraían los dibujos y los bordados de la cubierta. Le gustaba todo lo que había sido elaborado con primor. Sara leía las oraciones del día y él cantaba con ella.

—Eso no es cantar—decía el abuelo—; si no hay letra ni se mueven los labios, eso no es nada de nada.

Las dos hermanas sólo pensaban en la emancipación. No entendían a su madre. No era lo suficientemente moderna para su gusto. Pál era el único de sus hijos que había sido receptivo a la nostalgia vehemente de Sara, a su deseo de orden. En agradecimiento ella le había dado a Dios.

En los primeros años del comunismo había sido difícil dar una educación religiosa a los niños de la casa de las vías. El catecismo no estaba prohibido, pero formaba parte de aquellas asignaturas optativas que la escuela ofrecía sin que nadie estuviera seguro de la realidad de su existencia. Sara quería que a sus hijos les hablaran de la inmensidad de la gracia divina. Había decidido que acudieran a clase de religión cualesquiera que fueran las condiciones. En la escuela de las dos mayores había que esperar una hora ya entrada la noche para ver llegar tímidamente al profesor. En la escuela de Pál, la clase de religión era antes de todas las demás, al amanecer. Y Sara aceptaba acostarse tarde y levantarse temprano y llevar a sus hijos a cuestas, para atravesar las vías de noche, con tal de que pudieran oír hablar de Jesús y no se condenaran al morir. Cuando el abuelo le decía que acabaría en un campo de concentración o en la celda de una cárcel con el cardenal Mindszenty, a quien la policía política acababa de detener acusado de espionaje, ella se encogía de hombros. En su convencimiento de que la Iglesia formaba parte del orden ideal del mundo no podía aceptar que su comportamiento pudiera tomarse como una rebelión. Enseñaba a Pál a incluir en sus oraciones de la noche no sólo los nombres de los miembros de la familia desaparecidos, sino también los de los sacerdotes católicos condenados por el régimen.

Muy pronto, las dos hermanas prefirieron juntarse con

sus amigas a ir a la clase de catecismo, que siempre cambiaba de hora y que se impartía sin el menor entusiasmo. Pero Pál siguió levantándose al amanecer, hacía café en el pucherillo de hojalata y se iba a la escuela cuando todavía no había salido el sol. Muchas veces encontraba una nota clavada en la puerta en la que se anunciaba que se anulaba la clase, entonces se sentaba en los escalones de la entrada y trataba de pensar en Dios. Se imaginaba a María con la cara de su madre, pero sin el lunar que Sara tenía justo debajo del ojo izquierdo y que con los años se había ido haciendo más grande. Esto lo suprimía. No podía imaginar que la piel de la Virgen hubiera podido tener ninguna marca. Luego en sus pensamientos le pedía perdón a su madre por no quererla del todo, por excluir el lunar de su amor filial.

Se había sentido muy solo cuando murió su madre. Su padre no comprendía su silencio. Sus hermanas lo despreciaban.

—No había nada que hacer—le había dicho una de ellas a Imre—, tu padre no era interesante.

Pál no hablaba jamás de aquella época. Pero Imre estaba seguro de que cada vez que su padre se sentaba en el jardín triangular y se quedaba inmóvil delante de los trenes y de los revoloteos de los papeles grasientos, en realidad discutía con Dios, como hacía en los escalones de la escuela en los tiempos en que suspendían la clase de catecismo. Y que en aquellas ocasiones le pedía cuentas a Dios de por qué había muerto su madre antes de tiempo, antes de la revolución abortada, antes de la pierna destrozada del abuelo. Por qué había muerto cuando todavía era necesaria. Pero Dios no contestaba y los trenes pasaban dejando una lluvia de basura.

Imre le guardaba rencor a Dios. Varias cosas habían determinado su relación con la religión desde muy pronto, desde niño. En primer lugar, el hecho de que Dios se hubiera llevado a su abuela sin consultarlo previamente. En segundo lugar, el hecho de que Zsolt tuviera una medalla de la Virgen y él no. Los dos hechos le parecían injustos. Para colmo, el himno nacional de Hungría había terminado de disuadirlo de establecer ninguna relación con el Creador. Con una melodía desgarradora, la letra de Ferenc Kölcsey no era nada más que una larga súplica para que acabaran los males de su pueblo:

¡Ten piedad, Señor, del húngaro!
¡Tantas veces hundido en la zozobra!
¡Dale tu brazo protector
en el piélago de sus suplicios!
A quien tanto tiempo ha estado
sumido en el desconsuelo
dale días de calma, y sin penas.
Este pueblo ha pagado ya mucho
por el ayer y el mañana.

Pero Dios se había limitado a hacer oídos sordos durante años, pese a la belleza del himno. Imre veía en la cara de su padre, en las maldiciones de su abuelo, la prueba de que si el Señor existía, no estaba dispuesto a enviarles a los húngaros días de calma. Seguramente estaba muy ocupado en otros lugares, igual que a todos los observadores internacionales sólo le interesaban las grandes potencias. Para Estados Unidos tenía tiempo, o para Rusia, y les enviaba señales. Pero a Hungría no llegaba nada. Imre estaba resentido con Dios y modificaba un poco las palabras del himno cuando tenía que cantarlo. En vez del humilde verso que clamaba «*¡Ay, tantas veces nuestras faltas han hecho estallar tu cólera!*», Imre prefería susurrarle a Dios «*tantas veces tus faltas* *han hecho estallar mi cólera*». No dejaba de temer que le cayera un rayo allí mismo en aquel momento, pero también creía que era su responsabilidad abrirle los ojos al Creador sobre la situación. Si Dios no reaccionaba con prontitud, Imre—y con él el país entero, estaba seguro de ello—terminaría siendo ateo. No era un momento para andar dudando.

TODO LO ELABORADO CON PRIMOR

Pál había querido a su madre más que a cualquier otra mujer. Ninguna otra le proporcionaría la misma paz, la misma seguridad de que la felicidad estaba allí. Él lo sabía. Era triste, pero las cosas son como son. La vida de Pál había alcanzado su cénit cuando tenía diez años, el resto no le aportaría más que sensaciones débiles y pálidas.

Ahora tenía a Ildiko y la quería todo lo que podía. Su solidez, su fuerza lo tranquilizaban. Se habían conocido en la estación. La veía todos los días cuando iba al trabajo, detrás de la ventanilla de los trayectos nacionales. Todo el mundo conocía a Ildiko por su buen humor y sus francas carcajadas. Tenía la piel pálida, salvo en las mejillas, que tenía siempre coloradas como si acabara de llegar de un paseo al aire libre. Su pelo castaño se volvía rubio en cuanto aparecía un rayo de sol.

Ildiko iba a comprar un rollito de semillas de amapola los miércoles. Era su día preferido. Se permitía un postre suplementario de la comida que servían a los empleados de la compañía del ferrocarril. Pál le inspiraba un poco de miedo por su sonrisa triste y su rostro alargado, pero le parecía amable. Ildiko había tenido unos padres violentos que se zurraban regularmente con los cacharros de cocina. Su madre había muerto en una de aquellas peleas, Ildiko se había negado a volver a ver a su padre cuando salió de la cárcel. Pensaba, desde entonces, que la amabilidad era la mejor cualidad del hombre. La delicadeza de Pál, que frisaba con la debilidad, era para ella de una elegancia extrema. Y los rollitos de semillas de amapola eran buenos. Un día Pál le propuso que lo acompañara al cine.

Ninguno de los dos estaba enamorado del otro el día en que se hicieron novios. Su relación estaba impregnada de esa incomodidad y torpeza de los cuerpos que no están acostumbrados a caminar el uno junto al otro. Fue en 1965, Pál tenía diecinueve años. Ildiko, veintiuno.

Volvían de la isla Margarita, adonde habían ido a comer *lángos* a la orilla del río, cuando vieron una cola delante de una joyería. Los metales preciosos estaban controlados por el Estado y, a menos que uno conociera alguna familia arruinada que vendiera bajo cuerda las últimas preseas de una gloria extinguida, no había forma de hacerse con joyas. El oro y la plata desaparecían del mercado sin que nadie supiera la causa y podían no reaparecer en las tiendas hasta meses más tarde, a veces años. Los recursos mineros de Hungría eran caprichosos; había filones, pero su explotación requería tesoros de ingenio y un presupuesto considerable. El Estado se negaba a admitirlo y lanzaba regularmente nuevas campañas. Siempre aparecía algún científico que sugería un nuevo método que suscitaba entusiasmo. Con los dientes, si hacía falta, se iría a buscar la plata escondida en el subsuelo. Pero en el mundo real las joyerías estaban vacías.

La cola indicaba que la joyería por la que pasaban Pál e Ildiko acababa de ser abastecida. Era un acontecimiento raro. Y como siempre que reaparecía un producto tras haber estado agotado interminablemente, la población se apresuraba a hacer acopio de él, aun cuando no tuviera auténtica necesidad del producto. La impaciencia con que daban pataditas contra el suelo los que estaban delante de la puerta de la tienda hacía pensar que iban a dar de comer a sus hijos las sortijas de oro o las cadenitas de plata. La excitación de ver llegar las joyas las convertía en productos de primera necesidad.

Cuando vieron la cola, Ildiko ralentizó el paso y lo dirigió con toda naturalidad hacia la acera ocupada. Era la prudente sabiduría de las democracias populares. Pál la siguió sin protestar. También él se había sorprendido pensando que necesitaba una crucecita de plata del misal de su madre que le gustaría reponer.

Los dos pidieron la vez en la cola. Debía de haber unas cuarenta personas. Habían tenido la suerte de llegar pronto. Estuvieron dando pataditas un buen rato, inmóviles y mudos. Sus tobillos estaban doloridos y tenían la sensación de que los huesos de los pies les fueran a traspasar los zapatos. Detrás de ellos la cola crecía sin parar.

Un niño de unos diez años salió súbitamente de la tienda y gritó en voz muy alta:

—¡Ya no quedan pulseras!

La cola se agitó, protestó. Una mujer se fue con cara triste.

—¿Hay alguien para alianzas?—gritó el chico desde la puerta.

Una pareja joven del final de la fila se adelantó triunfalmente a lo largo de la acera para entrar en la tienda. Los miraron con envidia. Los que estaban en la cola se miraban la alianza con cierto asombro, tratando de recordar cómo se habían hecho con ella. Los viejos no tenían recuerdos de estas esperas interminables, de estos racionamientos. Era posible comprar las alianzas que se quisiera. De pronto les daba un poco de pena no haberse casado más que una vez.

—Deberían ir ustedes o no encontrarán nada—les dijo la mujer que tenían detrás Pál e Ildiko.

Se volvieron sin entenderla. Ella les hacía señales de que se adelantaran hasta la tienda. El muchachito seguía llamando. Ildiko se puso colorada e intentó decir:

—Ah, no, no—farfulló—, no queremos alianzas...

La mujer se encogió de hombros.

—Se equivocan ustedes—dijo ella—. Imaginen que deciden casarse dentro de seis meses. ¿Creen ustedes que encontrarán algo entonces, eh?, ¿que volverán a abastecer las tiendas sólo para satisfacerlos?

Y volvió a encogerse de hombros.

Ildiko miró tímidamente a Pál, que no tenía cara de entender lo que se esperaba de él. La situación lo ponía nervioso y se tiraba del cuello de la camisa.

—¿Tú crees que deberíamos ir hacia delante?—preguntó con dulzura Ildiko.

—Yo sólo quería una crucecita de plata...

—Ya.

—... para el misal.

—Lo sé. Todo irá bien.

Ildiko le cogió la mano con su mano gordezuela y adelantaron a todos los de la cola. Las alianzas eran sencillas, redondas, de plata, sin adornos ni finuras, presentadas en unas cajitas de cartón amarillentas. Ildiko las examinó rápidamente, luego cogió una y la puso en la mano de Pál.

Así se prometieron los padres de Imre. Dejaron la tienda midiendo con la mirada la cola, que ahora llegaba ya hasta la esquina de la siguiente manzana. Las mejillas de Ildiko habían enrojecido de placer. Pál estaba triste porque se había olvidado de comprar la crucecita.

Se casaron un año más tarde, del mismo modo. Se podría decir que estaban todavía haciendo una cola. Se casaron para utilizar las alianzas que habían comprado. Ildiko, todavía vestida de novia, estaba ya pensando en descoser las enaguas para transformarlas en ropa de verano. También tendría que recortar las mangas. Sonreía al ver la cara aturdida de Pál.

Se quedó encinta la misma noche de bodas y ya no perdió los diez kilos que ganó durante el embarazo. Era redonda y fuerte como un tonel. Cuando iban juntos por la calle, sus siluetas tan diferentes suscitaban sonrisas.

Nunca, a lo largo de su vida en común, tuvo Ildiko un solo motivo de queja de Pál. No bebía, nunca levantaba la voz, siempre volvía a la hora. Su silencio la dejaba un poco desamparada. Hubiera preferido un hombre que contara historias, alguien que la hiciera reír. Pero se acostumbró como pudo a que hablara muy poco. Cuando a Ildiko le apetecía hablar, provocaba disputas con el abuelo y entonces las palabras llovían a toda velocidad.

Quería a su marido, aunque fuera tan callado. Su fragilidad la conmovía. Le parecía más noble y más guapo que el resto de los mortales. Sin embargo, notaba que ella no formaba parte de su mundo. Por la noche se acostaban en la cama grande y Pál releía el ajado misal de su madre, absorto en una honda melancolía que no le dejaba a Ildiko el menor resquicio de existencia. Pero era una mujer práctica y, cuando sentía que se ponía triste, se consolaba pensando en los gritos, los golpes y los moratones en la piel de su madre.

—Todos los dolores del arcoíris—decía la vecina vieja que cuidaba a los niños cuando las cosas se ponían feas en la antigua casa de Ildiko.

Ella había evitado aquella vida, no había repetido el error. Y su amor por Pál se renovaba con esta idea. Dejaba que se quedara absorto en su librito de oraciones sin molestarlo, en el convencimiento de que lo que él le daba era más que suficiente.

A Pál le fascinaba realmente el misal, la delicadeza de las flores de marfil incrustadas en las tapas y el lamentable hueco de la crucecita perdida tiempo atrás. Le parecía que no había otro objeto como aquél, por su belleza, su delicadeza, su feminidad. Todo lo elaborado con primor atraía su mirada: los bordados, las pinturas, las guirnaldas esculpidas en los frontones de los edificios. Todas aquellas cosas le recordaban a su libro de oraciones.

Un día, al salir de la estación a fumar un cigarrillo, vio en el escaparate de una tienda de lencería un conjunto de ropa interior en el que el motivo floral reproducía casi perfectamente el del misal. Sin pensarlo un segundo, entró y compró el modelo del escaparate. Era un tejido sintético barato, la seda era prácticamente imposible de encontrar y muy cara para él. Pero el entrelazado de las flores y de las hojas era idéntico al que Pál había contemplado a lo largo de toda su infancia entre los dedos de su madre. Unos tallos curvilíneos sostenían una serie de hojas grandes y la más alta tenía forma de ala de pájaro. En el centro del conjunto de hojas había una flor entreabierta que inclinaba sus pétalos hacia abajo con el desorden de un lirio. En la cubierta del misal, el motivo no se repetía más que dos veces, enfrentado. Pero en la combinación, las bragas y el sostén que Pál acababa de comprar, el motivo se repetía centenares de veces. Era un campo cuajado de flores. Pál estaba embriagado.

En el camino de vuelta se dio cuenta de la naturaleza problemática del objeto que llevaba a casa, envuelto en un papel gris del que ya había quitado el celo para echar una mirada feliz al interior.

Ildiko no comprendió nunca por qué su marido había decidido de repente regalarle un conjunto de lencería que no era de su talla y que jamás le pidió que se pusiera. Prefirió pensar que era una más de sus rarezas y lo metió en el cajón de la cómoda de donde no lo volvió a sacar nunca más. Algunos años más tarde, Zsolt encontró aquellas prendas en el cuarto de los padres de Imre una tarde lluviosa y, pensando que eran de Ági a juzgar por la talla, se llevó las bragas. Pál, que tenía la costumbre de abrir regularmente el cajón para admirar las flores desteñidas, no se explicó aquella desaparición.

LA MUJER DE LOS BAÑOS

El 27 de junio de 1986, Queen daba un concierto en Budapest. Era la primera vez que un grupo occidental venía a tocar a Europa del Este desde el año 1965, en el que había estado Louis Armstrong.

—¡Muy amable por parte de Estados Unidos, mandarnos un negro y un marica, muchas gracias!—decía por la radio un conocido comunista racista y homófobo.

—Mierda de país—masculló Imre, levantándose de la mesa de la cocina.

Ildiko se sobresaltó.

—Además, los Queen son ingleses, no estadounidenses.

—¿Y cuál es la diferencia?—preguntó el abuelo.

Al tiempo que Imre dejaba su plato en la pila, rogaba al destino que le permitiera dejar aquella casa y Hungría lo antes posible.

No había podido conseguir una entrada para el concierto. Era un acontecimiento que atraía a toda la juventud del país y de más allá de las fronteras. Llegaban centenares de seguidores de Ucrania o de Rusia. Imre y Zsolt habían decidido entrar en el estadio costara lo que costase. Querían aprovecharse de la histeria colectiva para conocer a algunas chicas.

Imre estuvo dudando dos horas qué ponerse. Había crecido mucho en los dos últimos años y tenía la sensación de que su ropa hacía que destacara más la torpeza de sus piernas y de sus brazos demasiado largos. Se decidió a cogerle prestada una camisa a su padre y se fue de casa sin ninguna seguridad de haber elegido bien. El minúsculo cuarto de baño de la casa de las vías no tenía un espejo que le permitiera verse de cuerpo entero.

—Me avergüenzo de ti—le dijo Zsolt sonriendo cuando lo vio llegar con el pelo engominado y echado hacia atrás y la camisa azul claro abotonada hasta arriba.

—Gracias, yo también de ti—contestó Imre con tono ligero.

Pero estaba ofendido. La desenvoltura con que su amigo llevaba sus habituales vaqueros y la camiseta le molestaba tanto como sus palabras. Zsolt no hacía ningún esfuerzo para gustar a la gente y, aun así, lo miraban.

El estadio se llenó en unos minutos de espectadores que no terminaban de creerse su suerte. Las chicas pasaban en racimos animados por delante de Zsolt y de Imre, magníficas. Tenían los ojos brillantes y llevaban el pelo cardado, los labios de color rosa, un aspecto cuidado y salvaje a la vez. Ellos les sonreían y hacían el ademán de palparse los bolsillos en busca de sus entradas. A veces ellas les dirigían una señal imperceptible y desaparecían en el interior.

Miles de personas se quedaron fuera, presionando contra las puertas. Algunos lloraban. Habían viajado durante horas para asistir al concierto. Zsolt e Imre parlamentaron un buen rato con los de seguridad, pero no consiguieron nada. Acabaron por convencerse de que tampoco era algo tan malo: las chicas de dentro no tendrían ojos más que para Freddie Mercury y no les habrían hecho el menor caso. En cambio, las que no habían podido entrar sólo pedían un poco de consuelo. Zsolt lió un cigarrillo dejando vagar la mirada en derredor.

—Primero yo, después yo... y si queda algo...—le dijo a Imre, mientras se perdía entre el gentío.

Imre anduvo un rato de grupo en grupo, tímido y forzado, fingiendo escuchar con atención la música que llegaba del interior del estadio. Se unió a los aullidos de fruición cuando Freddie Mercury interpretó una antigua canción húngara. *This is a very special song from Queen to you.* A todo el mundo le emocionó que hiciera aquel esfuerzo. Era una canción de amor y de primavera. Imre le cogió la mano a una morenita, bebió un trago de cerveza de su botella y luego, cuando se dio cuenta de que ya estaba acompañada, se volvió a casa.

A Zsolt no volvió a verlo en toda la noche.

La nueva obsesión por el sexo angustiaba mucho a Imre. Observaba la relación entre sus padres y no le parecía que se fundara en las mismas correspondencias entre hombres y mujeres que él imaginaba. Llevaban una vida tranquila y cómoda, a mil leguas de las pasiones que lo agitaban a él. Le habría gustado preguntarle a Ági, pero le daba vergüenza. Nunca había sentido tan claramente la diferencia entre sus cuerpos. Y estaba convencido de que Ági, con sus curvas femeninas, nunca podría comprender su desasosiego masculino. Le guardaba rencor del modo más irracional, como si ella hubiera elegido aquel cuerpo que la alejaba de él. Se mostraba brusco con ella, se negaba a visitarla, trataba incluso de molestarla. Sin llegar a decírselo nunca, le reprochaba que no fuera la perfecta confidente, precisamente en los momentos en que él se preguntaba si no estaba loco, si no era un perverso, si no iba a morir de aquella quemazón interna—justo bajo la piel, justo en el centro del vientre—, en los momentos en que habría necesitado más la sonrisa tranquilizadora de Ági diciéndole que no, que era normal.

Acababa dirigiéndose a Zsolt, el único con quien podía hablar. Pero todo terminaba en fanfarronadas. No había lugar para las angustias. Siempre había que estar seguro, ser ambicioso. Entonces también Imre se dejaba llevar por sus palabras de conquistador y no confesaba nunca sus dudas.

—Cuando dejen de jodernos con la Guerra Fría—repetía una y otra vez Zsolt—nos iremos a California a tirarnos a las californianas.

En el fondo de su corazón tirarse a las californianas era la única revancha aceptable contra la historia después de cuarenta años de ocupación rusa.

—Seremos los reyes. Los húngaros son los que han creado Hollywood—decía Zsolt en sus momentos de entusiasmo.

Cuando se sentía pesimista se atenía a otra versión:

—Les contaremos que nos moríamos de hambre en un gulag cuando teníamos quince años. Y, aunque sólo sea por pena, nos harán una mamada.

Imre sonreía con timidez. Él y Zsolt habían escrito una «Oda a las californianas de Estados Unidos» llena de juegos de palabras atrevidos y términos amorosos arcaicos. La cantaban, repitiendo:

—Cuando dejen de jodernos con la Guerra Fría...

Mientras llegaba la apertura de las fronteras, Zsolt se consolaba con las húngaras, ignorantes de que no eran más que las sustitutas de las estadounidenses del futuro e Imre no se consolaba. Era su problema.

En el verano de los dieciséis años, Imre pensó que se moría. Iba a refrescarse a la piscina de los baños Lukács con Ági. O mejor dicho, Ági tomaba el sol en un rincón del patio, mientras él trataba de hacer largos sin que le entrara agua en la boca. Tenía horror a tragar agua de aquella piscina. Estaba llena de horribles viejos reumáticos y seguramente tuberculosos.

Aunque rarísima vez metiera un pie en el agua, Ági adoraba los baños. Se quedaba al sol, absorta en el ruido de los chapoteos y del batir de los pies de los nadadores. El ruido le evocaba el mar. Pasaba así la tarde, no como Imre, que no hacía otra cosa que correr de una piscina a otra o del agua a la sauna, que hacía todo lo posible por agotar su cuerpo, por hacerlo callar por un instante...

Estaba terminando su décimo largo, casi dormido por el ritmo monótono de sus movimientos, cuando reparó brevemente en una mancha de color vivo en el momento en que ladeaba la cabeza para tomar aire. El pelo rojizo de una mujer. Sus ojos ardientes por el cloro no pudieron ver más. Se acercó al borde y guiñó los ojos durante unos segundos. La mujer había seguido su camino y ahora estaba en la otra punta de la piscina, de la que Imre se acababa de alejar. Se sentó en uno de los trampolines pequeños que había en el borde de la parte honda y hundió un dedo del pie en el agua, con cara de haber decidido no meterse, luego encendió un cigarrillo.

Imre empezaba a verla mejor. Llevaba un bikini azul con manchas negras y, en el pie izquierdo, una sandalia con el tacón beige. Se había quitado la otra para probar el agua. Su postura indicaba un profundo aburrimiento.

Imre salió de la piscina, evitó a Ági, que le hacía señas con la mano, y se dirigió hacia las duchas de fuera para acercarse más a la mujer. Abrió al máximo el grifo y el agua fría le dio en la cara y luego en los hombros con una violencia metálica. Le sentaba bien. Le limpiaba los humores que los viejos podían haber soltado en la piscina.

La mujer se levantó y rodeó la piscina. Andaba despacio. Los tacones de madera eran sólidos, no muy altos, pero hacían un ruido que resonaba contra el suelo. Un ruido agresivo como el color de su pelo.

Cuando pasó por delante de Imre, éste se dio cuenta de que era mayor de lo que al principio le había parecido. Podía tener unos sesenta años. En líneas generales, su cuerpo conservaba las formas femeninas, pero, visto de cerca, dejaba ver estragos. Tenía la piel arrugada en algunos sitios: en las nalgas, en la unión del pecho con los sobacos, en la barbilla. Parecían picaduras de insectos. En otras partes, en cambio, en la garganta, en los pechos, parecía que la piel se hubiera vaciado y parecía un saco achatado, inútil. Sin embargo, pese a las pérdidas y los aumentos debidos a la edad, en aquel cuerpo había una feminidad que parecía no querer agotarse. Las sandalias de tacón subrayaban la curva de la espalda. Desde la otra punta de la piscina, tras la bruma de los ojos cargados, Imre no había visto nada más que a la mujer, no la vejez. Ahora parecían superponerse ambas en el mismo cuerpo.

Imre, molesto, no sabía qué pensar. El olor seco de su cigarrillo le llegó en cuanto cerró el grifo de la ducha. Era un olor de hombre, pensó. Fue a buscar la toalla y luego se tumbó un buen rato sin dejar de mirarla. Cuando ella entró en el edificio para ir a la sauna, la siguió.

En la pequeña cabina de madera se tuvo que quedar de pie porque todos los bancos estaban ocupados. Había una oscuridad rojiza. Una pandilla de hombres tripudos y con los hombros tatuados hablaban de una excursión a Héviz. Aquello era bueno para la salud pero más bien deprimente. Demasiados minusválidos. Los llevaban hasta las piscinas en angarillas. Seguro que no se curaban. El lago no hacía milagros. ¿Por qué seguían yendo allí?

La mujer no escuchaba la conversación. Tenía los ojos cerrados y la cabeza echada hacia atrás. Algunas gotas de sudor corrían entre sus pechos precisamente por donde la piel se estiraba hacia abajo en arrugas largas y finas. Imre no podía dejar de mirarla. ¿Era guapa? Unas veces veía a la mujer y al instante siguiente a la moribunda. A los dieciséis años, cada signo de vejez que se impone a los otros es un paso hacia la desaparición. Cuanto más la miraba, más confuso se sentía y más ganas tenía de mirarla. Cuando estaba sentada, la piel de su vientre se le arrugaba como un trapo, dibujando el mapa de un desierto entre los senos y el pubis. Llevaba las uñas de los pies pintadas con un esmalte marrón rojizo, como de sangre seca. En la frente y en el cuello, el sudor que corría arrastraba un poco del tinte rojizo del pelo en reguerillos amarillentos.

Cuando salió de la sauna, Imre volvió a seguirla. Sorteó la cubeta de hielo y se dirigió a la piscina de diez grados centígrados. Imre, por su parte, cogió unos cuantos puñados de hielo y se los pasó por la cara. Le zumbaban los oídos. No se atrevió a meterse en la piscina, que no era mucho más grande que una cuba. Pensó que ella ya se había dado cuenta de sus maniobras.

La mujer salió de la piscina y se dirigió al vestuario. El ala de cabinas reservada a las mujeres estaba detrás de las duchas. Imre observó cómo empuñaba la manija de la puerta y pensó que ahí la perdía. Estaba triste. Decidió volver donde se encontraba Ági, abatido.

Pero la mujer no desapareció. Sus dedos soltaron la manija antes de que la puerta se cerrara del todo y rompiera la magia que había embargado a Imre. Por la estrecha rendija, podía ver el cuarto secreto, prohibido. En un primer momento, todo su campo de visión quedó ocupado por una mujer gorda que se estaba lavando el pelo. Tenía la piel blanca surcada de estrías como las ramas de un matorral y unos pechos enormes. Su desnudez era imponente, despojada de todo interés sexual. A Imre le dio vergüenza estar espiando y decidió abandonar su puesto de observación. Pero la mujer gorda se movió hacia el otro lado con impávida lentitud y, una vez pasó el escudo de su cuerpo, Imre volvió a ver a la mujer del pelo rojizo. Estaba allí y él no podía dejarla. Era como una vieja sirena que conservara todo su encanto. Le hubiera dado miedo tocarla, pero tenía necesidad de verla. Se estaba quitando el bikini delante de una de las duchas. No miraba hacia Imre, pero él estaba casi seguro de que sonreía, podía ver cómo se redondeaba su mejilla. Vio cómo deslizaba con cuidado las bragas a lo largo de sus piernas. No veía mucho más de su cuerpo de lo que ya había visto cuando llevaba las dos piezas, apenas unos centímetros. Pero era suficiente. Liberada del bikini, concebido para ninfas de veinte años, aquella silueta de mujer ya no era ni joven ni vieja. A Imre no se le ocurrió siquiera la comparación entre el cuerpo real y el que pudo haber sido. Pensó sorprendido que quizá la desnudez era siempre hermosa. Era como si los cuerpos hallaran su pleno sentido cuando se liberaban de la obligación social de la ropa. Y las arrugas de la mujer del pelo rojizo se le aparecían con una naturalidad tal que ya no lo asustaban. Devoraba el espectáculo completo de su cuerpo.

Sus pezones eran oscuros como pequeñas esculturas de madera colocadas en la punta de los senos. Parecía como si pudieran caerse, dada la aparente fragilidad de su adherencia al pecho. Cuando se inclinó para enjabonarse los pies, vio la piel más oscura, violeta, entre las nalgas, el hoyuelo casi invisible del ano. Experimentó una sensación de una violencia sorprendente. Era un golpe asestado tanto a la cabeza como al vientre. Tuvo la impresión de que se desmembraba. La piel le ardió de súbito, pese al sudor que lo cubría. Y le entró hambre, un hambre terrible, como si le hubiera desaparecido todo el azúcar del cuerpo. Pensó que iba a desmayarse. Se apoyó en la pared y se dio cuenta de que tenía una erección más que evidente. Se tapó con las manos, sorprendido de su dureza—aún carecía de la presencia de ánimo suficiente para sentirse orgulloso—. El simple contacto de sus dedos con la protuberancia de su traje de baño fue suficiente para desencadenar una eyaculación breve y torpe. Imre hizo una mueca y gimió tan quedo como le fue posible, mientras se arrimaba a la pared disimulando como podía. Tras unos segundos de minúsculos espasmos, la estupidez del suceso lo trastornó. Estuvo a punto de echarse a llorar. El contacto de la pared de baldosines, fría y húmeda, era horrible. Imre se sentía muy solo. Le habría gustado poder acercarse a la mujer del pelo rojizo y apretarla fuertemente contra él, bajo el chorro irregular de las duchas. Se contentó con cerrar discretamente la puerta y se encaminó titubeante hasta la cubeta de hielo, donde picó unos cuantos puñados que se frotó por el pecho y la cara con tanta fuerza que se hizo sangre en los labios. Los bordes del hielo le rasgaron la piel, dejándole unos leves surcos rojos en el pecho y en el cuello.

Fue a lavarse enseguida al chorro de agua que estaba fuera del edificio. Y desaparecieron de su piel todas las huellas de lo que acababa de pasar; el sudor, el semen que le pegaba el bañador a los muslos, el olor que le llegaba de los sobacos, acre como el café.

Borraba aquel instante. La mujer del pelo rojizo había desaparecido del vestuario. Seguramente estaría saliendo de los baños para volver a su vida. No pensaría en él. Siguió frotándose bien después incluso de estar ya limpio. Cuando puso la cara debajo del fuerte chorro de agua fría, se permitió llorar un poco, sólo un segundo. Aquello le sentaba bien.

Ági lo encontró helado en la pila, con los labios azulados, la mirada perdida, transido de frío y sin que pareciera que se estuviera dando cuenta de lo que le pasaba.

—Nos vamos, Imre—le dijo con la brusquedad de quien no comprende lo que pasa.

Se fueron lentamente, con los músculos reblandecidos por el agua. No hablaron en el trayecto del tranvía. Ági miraba por la ventanilla e Imre se miraba la piel arrugada de los dedos. Ella estaba enfadada con él porque la había dejado sola toda la tarde. Pero Imre no se daba cuenta. Estaba en otra parte.

Volvió a casa con la impresión de haber tenido su primera relación sexual. Estaba seguro de que había cambiado.

EL NIÑO RUSO

Para Pál, el año 1956 supuso una larga serie de traumas. Sin Sara, su vida ya no tenía sentido. Ni su padre ni sus hermanas se ocupaban de él. Cuando volvía a casa nunca tenía la impresión de que alguien lo hubiera echado de menos.

—¿Ya estás aquí?—le preguntaba su padre sin la menor alegría.

Las cuasi gemelas se volvían para mirarlo por encima del hombro como si hubieran estado esperando a cualquier otro. Cuando comprobaban que era Pál torcían el gesto con desprecio antes de volver a lo que estuvieran haciendo.

Una noche, mientras quitaba la mesa, a Pál se le cayó la jarra. Al abuelo le dio una esquirla en un ojo y entre juramentos se puso a gritar que hacía falta ser ruso para ser tan gilipollas.

—¿Quién es ruso?—preguntó una de las cuasi gemelas.

—¿Tú qué crees?—contestó el abuelo sin mirar a nadie.

Hubo un instante de silencio incómodo. El abuelo intentaba quitarse el polvillo de loza que se le había pegado en el párpado. Torcía la cara con muecas de dolor. El labio inferior de Pál se puso a temblar y salió del cuarto corriendo para que sus hermanas no se dieran cuenta de que se iba a echar a llorar.

El abuelo lamentó inmediatamente que se le hubieran escapado aquellas palabras, pero ya era muy tarde. Les había proporcionado a las cuasi gemelas un nuevo medio para torturar a Pál. Sin intentar comprender el significado de las palabras, las dos chicas las adoptaron de inmediato. Y ya no dejaron ni un minuto en paz a su hermano pequeño, a quien desde entonces sólo llamaban el Ruskoff. Por la noche se divertían pintándole el bigote de Stalin con carbón. Cuando Pál se daba cuenta por la mañana, le entraban ganas de morirse.

Le habría gustado escaparse de casa, no tener que volver a soportar a su familia. Pero tenía mucho miedo de lo que estaba pasando fuera. El país empezaba a sublevarse, harto del poder de Rákosi, que no entendía nada del alma húngara—el genio húngaro, como decía el abuelo—ni tampoco de industria o de economía. Le habrían perdonado que fuera un mal jefe de Estado si, al menos, hubiera dado alguna muestra de saber qué Estado gobernaba. Los húngaros sentían que les estaban negando su identidad. El gobierno aplicaba en el país unos esquemas que no tenían nada que ver con él. Pretendía que Hungría fuera una pequeña Rusia.

El levantamiento que se estaba tramando tenía entusiasmados al abuelo y a las cuasi gemelas. Pál, sin embargo, había heredado de su madre el miedo a los cambios. No le gustaba aquel período turbulento. Su padre volvía tarde por las noches con algunos amigos que traían el sombrero calado hasta los ojos. Se quedaban allí hasta el amanecer hablando del ejemplo polaco. El humo de los cigarrillos traspasaba las tablas mal ensambladas del suelo y en la habitación de los niños Pál se estremecía de tos. Escondía la cabeza bajo las sábanas y se echaba a temblar cada vez que oía a alguno de ellos criticar el régimen.

—El Ruskoff se va a volver a mear en la cama—decía una de sus hermanas.

Y resoplaba con desprecio.

Aquel insulto hería a Pál aún más ahora que los grafitis empezaban a florecer por todas partes en paredes y escaparates, invitando a los rusos más o menos educadamente a que se fueran a casa:

Sus hermanas no se privaban de comentar las inscripciones cuando pasaban por delante:

—¿Has visto?—le decían—, aquí nadie te quiere.

O:

—¿A qué esperas para obedecer, pedazo de Ruskoff?

Grupos de estudiantes y de escritores se reunían para discutir la llegada de la democracia. Cada vez se veían más concentraciones en las calles. El 6 de octubre Pál presenció asombrado una manifestación de centenares de miles de personas que seguían en silencio el féretro de Rajk, un político a quien nadie había apreciado en vida. En aquella época de exasperación se había convertido en una figura tutelar y lo único que se recordaba era que había muerto como enemigo del gobierno. El sepelio discurría por la calle como un mar negro y gris de sombreros y abrigos. Circulaba sin fin, reunía a profesores de gafas redondas, a obreros con gorras adustas y a mujeres con botines. Avanzaban sin gritos y sin violencia, demasiado asustados quizá para lanzar ninguna consigna política. Era una enorme serpiente de agua silenciosa que seguía al ataúd. Pero aquella calma no bastaba para tranquilizar a Pál. Estaba convencido de que alguno de los miembros de la manifestación se daría cuenta de su presencia y se pondría a gritar de un momento a otro:

—¡Mirad, ahí, el Ruskoff!

La cólera de cientos de miles de personas tendría unas dimensiones diferentes a los escarnios de sus hermanas. Pálido, envuelto en sudor, miraba pasar el cortejo temiendo el momento en que todos se volvieran contra él. Había encontrado una hendidura en el muro y se apretaba contra ella, pidiéndole a Dios que lo hiciera desaparecer. Con los estremecimientos de sus hombros, el estuco rojo le caía encima del abrigo. De vez en cuando alguien del cortejo posaba su mirada en él y Pál no se atrevía ni a respirar. Se mantuvo pegado a la pared durante dos horas, convencido de que había llegado su fin. Pero súbitamente el gentío se hizo menos denso y sólo pasaban pequeños grupos de personas que corrían para alcanzar el grueso de la manifestación.

Pál volvió a su casa con un nudo en el estómago. Como de costumbre, el recibimiento tuvo un tono despectivo:

—¿Dónde estabas a estas horas?

—En el entierro de Rajk—dijo Pál.

El abuelo se atragantó y las cuasi gemelas se quedaron boquiabiertas sin saber qué decir. Por una vez lo dejaron en paz.

En la noche del 23 de octubre hubo tiros y el olor de la pólvora llegó hasta la casa de las vías. La ciudad se había sublevado. Rugía, estallaba. Pál y sus hermanas estaban solos en casa. Él se había refugiado debajo de la cama. Y aunque ellas habían dicho que no tenían miedo, él no dejó de notar que Panka y Eszter se habían cogido de la mano. Antes de acostarse temblando, ellas le dieron las buenas noches. Hacía años que aquello no sucedía. Los tres temían no volver a despertarse.

El abuelo no volvió a casa hasta el amanecer. Lo traían dos amigos, tenía la pierna hecha trizas. Lo dejaron suavemente en un sillón y el abuelo lanzó un largo gemido. Al irse vieron a los niños, apiñados en lo alto de la escalera, con las miradas aterradas.

—Un accidente de soldadura—dijo uno de aquellos hombres, en un tono nada convincente—, no os preocupéis.

Los días caóticos que siguieron trajeron, cada uno de ellos, su cupo de noticias increíbles: la revolución había triunfado, Nagy tenía el poder, el pluripartidismo se había restaurado.

A finales de octubre creyeron que vivían un sueño: Hungría era un país neutral y los soviéticos se habían ido. El abuelo, apoyado en sus muletas temblequeantes, había visto con sus propios ojos cómo los tanques rusos abandonaban Budapest en una larga hilera gris y chirriante. Antes de echarse a llorar había gritado: ¡somos libres! Sus hijos estaban desconcertados. Las cuasi gemelas le acariciaban la espalda murmurando: Hale, hale…

La insurrección de Budapest había traído consigo el cierre de las escuelas, pero Pál seguía yendo a las clases de catecismo. Ahora el profesor enseñaba en su casa, en un salón con las ventanas atrancadas con tablones. El niño se moría de miedo cada vez que salía de la casa de las vías para ir a clase, pero jamás se habría atrevido a interrumpir las lecciones. Era su manera de rendir homenaje a su madre, de conservar un lazo con ella.

El 28 de octubre, cuando volvía de casa del profesor, vio la muerte por segunda vez en su vida. Estaba en la esquina de un bulevar del distrito 8 y la encontró cuando menos lo esperaba. Él llevaba en la mano una bolsa de papel con un brioche y se disponía a comérselo cuando la vio. Sabía que no debía acercarse al pasaje Corvin, donde se había refugiado un grupo de insurgentes que se negaba a entregar las armas. Sabía que el sitio era peligroso, que habían arrancado los adoquines, que algunas casas habían ardido, y se mantenía cuidadosamente lejos. Era tan concienzudo en seguir sólo los caminos que le habían indicado que le pareció injusto encontrarse a la muerte en el trayecto de la catequesis a su casa. No se merecía ver aquello.

La muerte estaba en un árbol, cabeza abajo. Atada en

parte al árbol. La muerte sólo tenía un zapato, tenía la piel negra y violeta, los ojos completamente abiertos. Y la muerte estaba desnuda. La camisa le había caído hasta la boca, dejando ver un torso marmóreo con grandes manchas oscuras, los pantalones simplemente habían desaparecido.

Pál estaba frente a un miembro de la policía política. La población se había sublevado violentamente contra la AVO, después de que sus agentes dispararan contra una manifestación pacífica unos días antes. Ni siquiera los rusos se habían atrevido a tanto. En unos pocos minutos centenares de ciudadanos de Budapest habían caído muertos ante el Parlamento con la cara aplastada contra sus pancartas recién pintadas. Los insurgentes los vengaban y en aquellos días la muerte florecía en los árboles.

Pál trató de dominar en vano el pánico que sintió al ver aquel cuerpo sanguinolento y machacado que colgaba en el aire, atado con unas cuerdas al tronco de un plátano.

La primera vez que había visto la muerte parecía como si su madre estuviera durmiendo. Llevaba su vestido azul, había flores. Estaba tranquilamente tumbada en su ataúd, con el cuerpo en reposo y una postura civilizada. Esta segunda imagen no tenía nada que ver con aquélla. Era otra muerte. Más terrorífica, pero también más honesta. No era una muerte que se disfrazara de sueño para seducirlo a uno. Era una muerte que no ocultaba el sufrimiento.

Pál musitó inmediatamente una oración rogando que se mantuviera lejos de él aquel monstruo que colgaba del árbol y dejó el cruce de caminos andando hacia atrás, sin poder apartar la mirada.

El 4 de noviembre los tanques rusos, que parecían haberse marchado para siempre, entraron de nuevo en Budapest, aplastando a su paso la revolución. La muerte se convirtió en algo casi trivial, podía encontrársela al ir a la compra, al cruzar cualquier puente. Estaba grabada en las paredes en forma de agujeros de bala y en los adoquines arrancados de las calles. El abuelo encerraba a los tres niños con llave cuando se iba de casa. La afluencia de soldados rusos le inspiraba terror. Un día pegó a Eszter simplemente porque había querido mirar por la ventana.

La resistencia armada fue aplastada en una semana. En la Hungría sin montañas, los combatientes no pudieron encontrar escondite alguno, ni echarse al monte.

El país se vació súbitamente. Los húngaros huyeron a millares a Austria o a Yugoslavia, más de veinte mil personas fueron juzgadas por haber participado en la insurrección, algunas fueron ejecutadas, otras deportadas. Un número considerable desapareció por un tiempo en la cárcel, sin que la duración de la pena pareciera guardar proporción alguna con los actos cometidos.

Panka perdió a uno de sus pretendientes, al que enviaron al patíbulo a finales de 1957, tras esperar a que cumpliera dieciocho años, la edad requerida para poder ser ejecutado en la horca. Un enfoque particular de la legalidad. Panka lloró mucho.

—¿Sabes qué?—le decía Pál a Dios en sus oraciones de la noche—. Olvídate de nosotros. Para ya, déjalo correr.

Pero fuera el fuego no cesaba.

—¡Olvídate de nosotros!—aullaba Pál en su interior.

Tenía la convicción de que Dios no se ocupaba de Hungría en general ni de su familia en particular salvo para enviarles catástrofes. Habría preferido pasar desapercibido.

En la cama de al lado Panka gemía pensando en Istvan, que era demasiado encantador para morir. Una vez, en clase de baile, había dejado que la besara. Estuvo llorando meses sin parar. Cuando empezó a sentirse un poco mejor, tuvo que pedir perdón a su clase y la dirección del instituto por haber llorado. Empezaban a borrar el rastro de la revolución sofocada.

Tuvieron que esperar al año 1961 para que los cuatro dejaran de temblar ante la idea de que llegaran a su casa para detenerlos. Finalmente la voz de Kádár llegó hasta ellos por la radio y les dijo: el despotismo no es un fenómeno socialista. Pusieron sus intrigados oídos a la escucha. ¿Era aquello posible? Y Kádár añadió: los que no están contra nosotros están con nosotros. Y ellos no tenían ni ganas ni fuerzas de estar contra nadie. Si Kádár aceptaba los corazones tibios, los corazones fríos, a condición de que conservaran un educado silencio, entonces la casa de las vías aceptaba a Kádár. El miedo se hizo menos intenso, el nudo del estómago se deshizo aunque no sin dejar de emitir sus ruidos característicos.

Pál comprendió que si 1956 había sido un año tan largo y tan terrible era porque había durado hasta 1961.

La estrechez de la casa de las vías hizo más difícil la adolescencia de Imre. Tenía la sensación de estar tropezando constantemente con algún miembro de su familia. Se pasaba la vida fantaseando reorganizaciones que establecieran barreras entre su espacio personal y el del resto del mundo. En uno de aquellos intentos encontró encima de un armario una caja de cartón que tenía algunos dibujos infantiles, mechones de pelo, un principio de herbario. Una caja con cosas viejas que tenían un olor agrio, una caja con unos objetos que inspiraban el tipo de ternura que a nadie de la familia le interesaba. Imre nunca había visto nada semejante en la casa de las vías, donde no se guardaba nada inútil, no había sitio.

En uno de los dibujos estaban Pál y sus hermanas en el jardín. Las dos hermanas eran reconocibles porque ambas tenían el mismo cuerpo rectangular y coloreado en rojo. Pál había tenido que contentarse con un solo trazo. Estaba dibujado en verde. Por encima de la cabeza, como una aureola, habían escrito RUSKOFF.

Imre no conocía aquel mote. Con la edad las relaciones entre Pál y sus hermanas eran casi civilizadas. Imre pensó que le enseñaría el dibujo a su padre para que le explicara la inscripción. Tenía la sensación de que aquélla era una reliquia rara y valiosa. Aquellos garabatos infantiles formaban parte de los pocos objetos que le contaban la historia de su familia.

Pál estaba sentado fuera, en el poyo, mirando las vías concentrado. Su delgadez le hizo pensar a Imre que, efectivamente, el dibujo se le parecía un poco. Más allá, junto al transformador, el abuelo trataba de volver a atornillar la cabeza del rastrillo al mango que se había partido en dos.

—Mira lo que he encontrado—le dijo Imre, agitando el retrato de familia ante los ojos de su padre.

Pál echó una ojeada y una ola de tristeza invadió su rostro.

—¿Quién lo hizo?—preguntó Imre.

—Panka o Eszter—contestó Pál.

—¿Por qué te llamaban Ruskoff?—siguió Imre, sin dar importancia al gesto de dolor de su padre.

Éste no le contestó. Imre repitió la pregunta. Pál suspiró. Detestaba hablar.

—Por mis pómulos, supongo.

Efectivamente, tenía los pómulos muy marcados, lo que contrastaba con el resto de su cuerpo. Cuando Imre jugaba con Zsolt a los conquistadores del espacio había visto fotos de aquel mundo sin gravedad en que flotaban los astronautas en las naves espaciales. Pensó que su padre era un ejemplo del fenómeno contrario: la atracción de la tierra parecía más fuerte para él que para el resto de los mortales. Algo tiraba de él hacia abajo. En su cuerpo todo se desplomaba salvo los pómulos. Rusos.

—Ah, ya—dijo Imre.

—¡Mierda!—exclamó el abuelo desde su esquina del jardín.

No conseguía volver a encajar bien el rastrillo. Imre no estaba muy seguro de que el comentario se dirigiera a la herramienta. Pero el abuelo no levantaba la cabeza e Imre no consiguió mirarle a los ojos.

Pál seguía mirando fijamente las vías, con los dedos crispados en el papel. A Imre le dio miedo que lo rompiera. Hizo un ademán hacia el dibujo para darle a entender que quería que se lo devolviera.

—Supongo que en aquella época era un insulto corriente—añadió Pál sin reparar en el gesto del chico.

—¿Qué época?—preguntó Imre.

—El año 1956—dijo Pál—, la época en que los rusos fueron verdaderamente terribles.

La respuesta dejó a Imre perplejo. Estaba convencido de que los rusos actuales eran la peor mierda. Era lo que todo el mundo le había dicho. ¿Qué más podían haber tenido en 1956? ¿Cuernos?

Imre sólo tenía una vaga idea de las décadas que habían precedido a su nacimiento. No se quejaba, no estaba interesado en la gran historia. Las dimensiones de su ignorancia sublevaban a menudo a Zsolt, que no podía aceptar los largos períodos de silencio impuestos por los comunistas.

—Contigo, chaval, han hecho un buen trabajo—decía con falsa admiración.

Aquello contribuía a ahondar el pozo ya sin fondo de los complejos de Imre. Pero a él no le interesaba nada más que la historia de la casa de las vías, no la del país. Su familia era demasiado pequeña, demasiado pobre y demasiado inculta como para influir en nada en el curso del mundo. Tenía su propia cronología, sus propios reinos y una irritante propensión a guardar todos sus secretos. La caja de cartón que Imre acababa de encontrar constituía un tesoro archivístico. Para él era mucho más importante que los libros donde se veía a desconocidos en uniforme de gala.

LOS PECES DEL MERCADO

Todo el mundo hablaba de 1989, todos tenían algo que decir al respecto. Era como si todo el mundo hubiera estado haciendo algo especialmente *significativo* en el momento de la caída del régimen. Y todos habían comprendido instantáneamente, como en una epifanía, que el comunismo había muerto y que el mundo había cambiado irremediablemente.

Cuando les preguntaban, todos se acordaban de lo que habían pensado justo en aquel momento. Habían visto cómo el mundo se abría, casi físicamente, ante ellos y aún tenían aquella sensación, clara y límpida: 1989 era aquella sensación.

Imre sentía que iba a contracorriente. Políticamente, él no había hecho nada significativo, no había entendido nada, no había creído nada, y cuando le hablaban del 89 de lo único que se acordaba era de la tristeza de los peces del mercado. Se acordaba del 9 de diciembre y de la llovizna. El día de la muerte de Ildiko.

El miércoles anterior, ella fue a ver a Pál en la pausa del mediodía y él, como tenían por costumbre, le dio un bocadillo de carne empanada y un rollito. Pero aquel día, extrañamente, cuando Ildiko terminó su bocadillo no tuvo ganas de tomar el postre. Lo guardó toda la tarde envuelto en una servilleta de papel y al terminar el trabajo, tras saludar con la mano a los compañeros que iban al centro, se fue a casa atravesando las vías. Eran las 17:12 y entonces a Ildiko se le abrió el apetito.

A las 17:13 una miga del rollito se le atragantó impidiéndole respirar.

A las 17:14 llevaba ya cuarenta segundos tosiendo sin poder tomar aire y sin que la miga se moviera.

A las 17:15 cayó de rodillas en las vías cogiéndose la garganta y con la cara roja e hinchada.

A las 17:16 consiguió expulsar la miga de la tráquea, pero el esfuerzo había sido tan violento que se quedó arrodillada en las vías, temblando.

A las 17:18 vomitó. Lo veía todo negro y dorado.

A las 17:25 empezó a sentirse mejor y volvió a ponerse en pie penosamente. Todavía le temblaban las piernas y tuvo que esperar unos minutos antes de ponerse a andar.

A las 17:30 dio los primeros pasos.

A las 17:32 el Viena-Budapest de las 17:35 la golpeó de lleno a pocos metros de su casa. El conductor, Arpi, era uno de los compañeros preferidos de Ildiko. Estaba tan cerca de la estación en el momento del accidente que tenía la sensación de haber terminado su jornada. Confesó que, quizá por ello, no había estado todo lo atento que debería.

A pesar de la gravedad de sus heridas, Ildiko estaba todavía viva cuando la llevaron al hospital. A los médicos les asombró su resistencia y convocaron a sus estudiantes para mostrarles a la paciente. Sin embargo, tres días más tarde Ildiko murió y a la facultad dejó de interesarle su caso. La muerte, aun la ligeramente retrasada, era algo trivial para los estudiantes de medicina.

Pál pasó los tres días que precedieron a la muerte de Ildiko junto a la cabecera de su cama. Hablaron poco. La garganta de Ildiko estaba doblemente dañada por la asfixia y por el golpe. Apenas podía emitir ningún sonido. Tenía casi todo el cuerpo y la cara vendados. En parte por razones estéticas, había explicado un médico residente a la familia.

Pál tenía cogida la mano de Ildiko que sobresalía de la cama y la acariciaba y le hablaba como si fuera Ildiko entera.

—¿Por qué estabas allí todavía a las 17:32?—le preguntó.

Todos los habitantes de la casa de las vías conocían tan bien los horarios de los trenes que les parecía que la presencia de Ildiko allí a aquella hora no tenía ningún sentido.

—Me había atragantado con el rollito...—musitó la voz tras los vendajes.

Y Pál se echó a llorar.

Todo había sido por su culpa. Desde un punto de vista objetivo, aquella idea era difícilmente admisible. Nadie podía ser responsable de la fortuita trayectoria de una miga. Pero Pál sabía que Ildiko no se habría atragantado nunca si él hubiera sido mejor marido. Se habían conocido un día en que ella se acercó a comprar un rollito de semillas de amapola y veinte años más tarde éste seguía siendo su principal medio de comunicación. No habían desarrollado ningún otro ritual de pareja.

El rollito era la ocasión semanal que tenía Ildiko para atraer la atención de Pál. Ella lo miraba siempre a los ojos en el momento de pagar. Su mirada decía: quiero que me veas. No renunciaba. Miércoles tras miércoles pedía una relación de amor verdadera. Su ingenua obstinación impresionaba a Pál. Miércoles tras miércoles él le devolvía la mirada y se proponía estar más presente. Pero no podía concentrarse en este pensamiento más que unos minutos y enseguida volvía a su mar interior, olvidado del mundo. Estaba demasiado lejos, demasiado perdido en sí mismo, como para sentir verdadero amor. En sus ojos pardos y tristes—los ojos de Sara, los ojos de las vacas—podía percibirse que no había nadie cuya existencia fuera tan poderosa como para llegar hasta él. Las personas pasaban delante de él como lo hacen los trenes. Pál las miraba con interés, con compasión, con ternura, pero no formaban parte de él. No vivían en su mundo. Tampoco se explicaba por qué era de ese modo. No le gustaba ser así. Hubiera querido ser normal.

Pál sollozaba en la silla de plástico del hospital. Él había matado a Ildiko. Él era un agente malo. Su delgado cuerpo se estremecía con unos sollozos nerviosos.

Para Imre, la muerte de su madre estaba relacionada con los peces del mercado de detrás de la plaza Rákóczi. Siempre que trataba de acordarse del mes de diciembre, veía los enormes peces negros amontonados en los acuarios del sótano.

La mañana anterior a la muerte, fue a Józsefváros con una bolsa de plástico en el bolsillo y un billete arrugado en la mano. Tenía que comprar la comida del abuelo. Desde que Ildiko estaba en el hospital, las cazuelas habían dejado de estar graciosamente ordenadas en la cocina y tampoco había tarteras etiquetadas en la nevera. La primera noche Imre había intentado hacer una sopa de verduras con menudillos de pollo, pero el abuelo se había enfurecido al ver las verduras y había tirado una buena parte a las vías.

—¡Es peligroso!—le había gritado a Imre, blandiendo las largas hojas verdes de un puerro.

Imre se encogió de hombros sin comprenderlo. A veces se preguntaba qué tipo de educación había recibido el abuelo en la década de 1920. Ahora tendría que conformarse con pan y queso.

Imre no frecuentaba las calles de Józsefváros. Era el barrio de los gitanos. Decían que era peligroso meterse por allí. Les dicen cosas a las chicas, conducen contra dirección coches robados, roban carteras. Te rajan los ojos con sus navajas. Han arrancado el pavimento porque prefieren vivir en el barro. No es un sitio para personas como nosotros.

Pero aquella mañana Imre no tenía nada que perder, más

que la bolsa de plástico y el billete. Y las dos cosas le importaban un bledo.

—Ya me lo contarás cuando te rajen—le había avisado el abuelo con el racismo clásico de los viejos—, a ver si sigues haciéndote el listillo.

Aunque quizá aquella mañana del 9 de diciembre Imre iba en busca de un navajazo. Miraba a los viandantes, a las viejas sentadas en sus sillas delante de los portales, con la esperanza confusa de que alguien cruzara de repente la calle y le rajara la cara. Sin razón, sin decirle nada.

No hubo nadie que se diera cuenta de aquella necesidad suya o quizá nadie quiso satisfacerlo. A lo mejor tengo un modo de andar demasiado simpático, pensó. Llegó al mercado sin que nadie lo molestara.

Una de las arterias del mercado estaba dedicada a la venta de caza, de encurtidos, de pescado y de especias. El olor era tan fuerte que tuvo ganas de vomitar. Olía a curry, a sangre y a fango. Luego estaban aquellas peceras oscuras donde los peces gato apenas podían revolverse. Pegaban las anchas bocas al cristal, agitaban los bigotes en la poca agua en que chapoteaban penosamente. Algunos estaban quietos en la posición absurda en que habían quedado cuando los echaron a la cubeta, boca arriba o en vertical. Imre estaba mirándolos aquel tercer día, el día de la muerte, cuando sintió que algo se le rompía en el pecho. La ansiedad que lo había dominado hasta entonces, su sed de noticias del hospital, la angustia de las responsabilidades cesaron. Curiosamente le llegó la calma. Los peces se removían silenciosamente, presos, absurdos.

Cuando Imre llegó a la casa de las vías, el abuelo le dijo:

—Han llamado del hospital. Tu madre ha muerto.

Acusó el golpe palideciendo, pero no se le movió un solo músculo de la cara.

—Pobre—añadió el abuelo.

Unos segundos más tarde, cuando el olor que salía de las bolsas llegó hasta su nariz, el viejo soltó:

—Tengo hambre.

Imre le tendió pan, queso y salami. Luego salió de la casa. No sabía adónde iba. Se limitaba a dar un paso tras otro. El ruido de sus pies en el asfalto de la acera acompañaba rítmicamente la misma frase repetida sin fin en la cabeza. Tu madre… ha muerto… tu madre… ha muerto… tu madre, tu madre… ha. Muerto, muerto, muerto.

Cuando llegó al hospital, se la repitieron más veces, con otras palabras. Ahora con el método protocolario. Con suavidad. Varias veces. Se ha ido, señor. Ha fallecido. No ha resistido. Mi más sentido pésame, señor. Nos ha dejado. La enfermera tenía todo el aspecto de pensar que él no podía comprenderlo, que se encontraba en estado de shock.

—Lo entiendo perfectamente—murmuró Imre, apartándola suavemente.

No soportaba sus eufemismos ni su aire compasivo. No soportaba que la enfermera le dijera: Nos ha dejado. ¿Acaso te ha dejado a ti, gilipollas? ¿Acaso te ha abandonado también a ti, has perdido una madre? La pérdida era sólo de Imre y de su familia. No la quería compartir con el personal del hospital, con la enfermera falsamente amable que veinte veces al día tenía que poner cara de haber perdido también ella a uno de los suyos cuando se moría algún paciente tras las cortinas de plástico.

Entró en la habitación de Ildiko. Se habían llevado su cuerpo y habían quitado las sábanas. El colchón estaba al descubierto, era de un azul sintético chillón. No había ninguna huella de Ildiko, pese a su gordura. En la cama de al lado, Pál, extenuado por el llanto, dormía como un niño.

STALIN SE LAS SABÍA TODAS

A veces Imre reprochaba a Ildiko que hubiera muerto precisamente entonces. Era absurdo. No había podido ver la increíble expansión de las ventanillas de internacional, que ahora ocupaban una sala entera de la estación de Nyugati, con trenes que iban a Viena o a Múnich todos los días, llenos de familias, parejas jóvenes y no sólo funcionarios de cara seria. Había dejado escapar la oportunidad cuando había estado a punto de hacer realidad su sueño.

El día del entierro volvieron en grupo a la casa de las vías. Estaban los amigos del abuelo y algunos de los compañeros de Pál e Ildiko de la compañía del ferrocarril. Estaba también la pelirroja de internacional. Imre pensó que aquello era tristemente irónico. No se quedó mucho tiempo. Quizá sabía que a Ildiko no le caía demasiado bien.

Hacía años que no iba tanta gente a la casa. A Imre le impresionaba que su islote entre las vías fuera accesible a otras personas que no fueran ellos. A Pál el grupito de hombres que visitaba a su padre le recordó otros tiempos. Había visto aquella misma pandilla reunida allí cuando tenía diez años, las sombras eran inmensas, los murmullos más ansiosos. Se fue a la cama enseguida. Su pena le había dado sueño. Cuando dejó la habitación, pareció que el abuelo intentó decirle algo que le sirviera de consuelo. Abrió la boca sin encontrar las palabras. Los convidados guardaron un silencio religioso, esperando que hablara, como si fuera un profeta. Al abuelo le molestó que lo miraran. Finalmente puso la mano en el hombro de su hijo y dijo:

—En fin, tu madre era más joven cuando murió.

Pál esbozó una leve mueca. No encontró ningún consuelo en aquellas palabras. Evitó la mirada de su padre y subió a acostarse.

Los invitados se quedaron bebiendo hasta tarde contándose historias de otros tiempos. Si hubiera sido otro año, probablemente habrían pasado la noche hablando de Ildiko, por respeto. Era lo que se hacía cuando alguien moría, pero no en 1989. Tenían muchas cosas que decirse. Evocar la memoria de la muerta carecía de importancia cuando cuarenta años aguardaban a resucitar por fin en las conversaciones. Contaban todo lo que habían callado. Hasta el abuelo enseñó la pierna y dijo:

—Ahora que podemos celebrar 1956, quizá me den una medalla.

Los otros estallaron en carcajadas.

—¿Una medalla? ¿Por qué?—preguntó un viejo al que le faltaban dos dientes de la parte de arriba desde que un miembro de la AVO había probado unas tenazas con él—. ¿Por torpe?

—¡Por haberme enfrentado a Stalin a cuerpo descubierto!—bramó el abuelo, haciendo chocar el culo del vaso vacío contra la mesa del salón.

Las carcajadas se multiplicaron. Imre esbozó una débil sonrisa. Creía que su abuelo seguía mintiendo. Por lo menos había algo que no cambiaba.

Alrededor de la mesa, los bebedores seguían riendo, los movía la simple alegría de poder hablar entre ellos.

—¡Stalin! ¡El hombre de hierro!, en el auténtico sentido de la palabra—dijo otro.

Y le dio una gran palmada en la espalda al abuelo, que se puso a toser.

Poco a poco la historia de la pierna del abuelo fue surgiendo de los recuerdos recuperados. Había distintas versiones y el alcohol modificaba bastante los detalles. Los treinta y tres años transcurridos rumiándola en silencio le habían conferido un cariz legendario, una vaguedad, que hacía que todo resultara creíble. Fuera como fuese, para Imre tomaba forma por fin y se dejaba mecer en la oleada de intervenciones de las viejas bocas.

Hasta el 23 de octubre de 1956, la linde del parque de la Ciudad estaba adornada con una estatua inmensa, un Stalin de ocho metros de altura sobre un pedestal que medía el doble y que parecía arengar a los paseantes de los domingos en loor del realismo socialista. La estatua había sido encargada en 1949 para celebrar el septuagésimo cumpleaños del líder comunista. El abuelo la había odiado siempre. Como todo lo ruso, le recordaba a Sara y al niño de la casa de las vías, que no se parecía a él. Cuando pasaba delante del monumento, solía tener violentas disputas con la estatua. La mano derecha de ésta, sobre todo, lo sacaba de quicio. Hacía ademán de moverse delante del pecho, a la altura del corazón, detenida en el ardor de una discusión con el pueblo. Una actitud humana y humanista. Sabemos muy bien qué haces tú con las manos, decía el abuelo. Sabemos muy bien dónde las pones. Cuando había otros viandantes cerca, se reprimía y no escupía. Aquél era un asunto privado. No quería que nadie le oyera. Que fuera un cornudo por culpa de la estatua de Stalin era algo que no le importaba a nadie más que a él. Y a Sara. Y al niño, al que ya se le empezaban a notar los pómulos demasiado marcados.

Cuando los estudiantes que habían tomado la radio de Budapest exigieron el derrocamiento de la estatua, el abuelo no se hizo de rogar para unirse a las más de cien mil personas que acudieron al parque de la Ciudad, armadas con barras de hierro, bombonas de oxígeno y cuerdas para echar abajo al gigante de bronce. La gente dejó los coches en medio de las calles, se quedaron vacíos, con las puertas abiertas, y los manifestantes avanzaron codo con codo, firmemente cogidos del brazo, como para resistir una orden de dispersión que no llegó. Ondeaban las banderas húngaras, con un buen agujero en el centro: habían recortado los símbolos comunistas. El abuelo llevaba una al cuello.

Se había provisto de sopletes que había encontrado en el almacén de la compañía del ferrocarril y la emprendió con las botas de Stalin con verdadero placer. La multitud reunida en el parque de la Ciudad cantaba a voz en grito «Nemzeti dal», el poema patriótico de Sándor Petőfi prohibido por los rusos. Ahora o nunca, gritaban los hombres que trepaban por el Stalin gigante. ¿Seremos esclavos o libres? Y el gentío que los miraba desde abajo contestaba con emoción: ¡lo juramos, ante el Dios de los húngaros lo juramos: jamás volveremos a ser esclavos! En su euforia, se negaban a compartir a Dios con los países vecinos: era un bien exclusivo, nacional.

Lo juramos, lo juramos, seguía gritando la multitud cuando los escaladores llegaron a la cabeza de Stalin y se instalaron en sus hombros. El sable se asienta en mi brazo mejor que la cadena. Y jamás volveremos a ser esclavos. Pasaron en torno al cuello de la estatua un cable metálico del que tiraban dos camiones. Los vehículos patinaban en la plaza en medio del rugir de los motores. Todas las cuerdas, todos los cables se rompían con un chasquido de violín gigante. Un chico recibió un latigazo en la cara. Diez años más tarde el abuelo se lo encontró y pudo comprobar que había quedado tuerto del ojo izquierdo. El incidente redobló la voluntad iconoclasta de los manifestantes. Stalin resistía, inmóvil y sereno frente a la multitud cada vez más enardecida. Luego la llama de los sopletes hizo que sus pies de bronce empezaran a ceder. Finalmente, en medio de cánticos y chanzas, los manifestantes le ganaron la partida al pequeño José, como lo llamaban entre risas. En su regocijo, el abuelo no previó los rebotes que daría la estatua. Se lanzó contra mí, contaría luego, sabía que teníamos viejas cuentas que saldar.

El espeluznante sonido de violín dio paso a una cacofonía de campanas cuando la estatua fue a dar en el suelo y rebotó una, dos veces, al azar, en el pavimento. Al tercer rebote, la enorme mano de Stalin encontró la pierna del abuelo y la rompió brutalmente. El médico al que le llevó un manifestante compasivo diagnosticó fracturas en más de ocho partes, desde el tobillo hasta la cadera. Hizo lo que pudo para enyesar aquella pierna destrozada, pero el abuelo ya no recuperó su andar normal. La pierna se le puso rígida y dura como un palo. Posteriormente, algunos médicos le aconsejaron amputarla. Resultaba un lastre. Pero él se negaba a cederle una parte de su cuerpo a Stalin. No le daría ese gusto.

—Se las sabía todas el hijoputa—dijo el abuelo.

Se miraba la pierna. Seguía con los dedos el hueso deformado, buscando los bultos que indicaban las ocho roturas. Qué hijoputa.

Aquella noche, Imre no tuvo que llevar a un hombre adentro, sino a cuatro. Se emborracharon hasta el amanecer; se bebieron las botellas de *pálinka* de albaricoque que el abuelo guardaba para el 2 de mayo y se contaron una y otra vez las mismas historias.

Imre los arropó como pudo en el salón y pensó que su madre se habría hartado de insultar al abuelo si hubiera presenciado la escena. Y, mientras colocaba un cojín bajo la cabeza del viejo, que babeaba en sueños, le iba repitiendo *Büdös disznó*, intentando dar con el tono de su madre.

No estaba triste. Había perdido a su madre, pero había oído cuarenta años de historias. Lo habían llenado hasta casi sentir hartazgo, estaba demasiado atiborrado para sentir la pérdida.

SHOP OCCIDENTAL

La muerte de Ildiko había sido su primera soledad. La marcha de Zsolt fue la segunda. Los últimos meses de 1989 dejaron a Imre en un abandono total.

La apertura de las fronteras había permitido a una parte de la familia de Zsolt—hasta entonces exiliada en Austria—regresar para instalarse en Debrecen, de donde era originaria. Zsolt había ido inmediatamente a visitar a sus parientes y no había vuelto. A petición de su madre, aquellos familiares con un acento extraño habían tenido a bien acoger al muchacho durante su primer curso en la universidad de la ciudad. La madre de Zsolt pensaba que el contacto con sus primos y sus primas sería bueno para su hijo. Adoptaría más rápidamente el estilo de vida occidental propio del mundo libre y dejaría de deambular por ahí con aquel medio ruso idiota que vivía entre las vías. A la madre de Zsolt nunca le había gustado mucho Imre.

Zsolt le había escrito un par de veces desde que se separaron, pero no contaba nada interesante. Citaba nombres de escritores, se refería a los profesores. Él y sus compañeros de la universidad habían formado un grupo que se proponía definir el espíritu húngaro, encontrar sus esencias con objeto de reconstruir el país a partir de sus fundamentos ancestrales. Sus cartas estaban llenas de alusiones a los mongoles, a Atila, al tengrianismo. Le contaba las costumbres de los táltos, que pensaban que un niño que naciera con dientes sería chamán y montaban unos caballos feos como demonios pero rápidos como el pensamiento. Buscaba raíces comunes del húngaro con las lenguas asiáticas, con la esperanza de encontrar la nación madre de donde procedían los primeros caballeros magiares. Ahora o nunca, es el momento de volver a los orígenes, afirmaba con entusiasmo, con una caligrafía tan nerviosa que se hacía invisible al final del renglón. Nunca hablaba de chicas. Imre había esperado descripciones de camas redondas gigantes. Era lo único que le evocaba la universidad.

Él no iría a la universidad. No estaba hecho para estudiar. Ági y Zsolt tenían la inteligencia necesaria y la paciencia, pero él, no.

—¿Qué va a ser de ti sin estudios?—mascullaba el abuelo en su sillón—. ¿Vas a ser minero? ¿Mecánico? Ya se ha acabado el comunismo, bobalicón; a ver si espabilas.

Imre no contestaba. No sabía. Siempre había tenido la impresión de que llegaría un momento en que lo sabría, en que tendría alguna ilusión concreta y haría todo lo posible por convertirla en realidad. No debía de ser muy difícil, sobre todo ahora que había caído el Telón de Acero y que no había nada prohibido. Pero repentinamente se daba cuenta de que no tenía la menor idea de qué hacer.

Sin Zsolt se encontraba perdido, se sentía torpe. No se atrevía a acercarse a ninguna chica aunque no pensaba en otra cosa. Su futuro profesional podía esperar, pero no su deseo. Algunas noches Imre temía padecer una combustión espontánea.

Daba vueltas continuamente por los grandes bulevares, lanzando miradas desesperadas a las prostitutas y a los sex-shops que parpadeaban más intensamente por la noche.

Cuando el ejército ruso estaba en Hungría, tener un sex-shop era en cierto modo un acto de colaboración. Se trataba de proporcionar a los soldados, a los que la inmensa mayoría de la población tenía por maleantes y violadores, un modo de satisfacer sus groseros instintos animales. Pero ahora que el país era libre, los sex-shops se habían convertido en atracciones turísticas que podían dar mucho dinero. No tenía nada de malo vender una cinta de vídeo a los alemanes o a los ingleses que venían a hacer fotografías del Parlamento y a disfrutar de la cerveza barata.

El propietario de una de aquellas tiendas nuevas había observado las idas y venidas de Imre. Se llamaba Adam Karoly y acababa de abrir un sex-shop en la calle Üllői. Su proyecto era centrarse en los estudiantes y los turistas, una clientela que sin duda iría aumentando con los años. Adam Karoly era un hombre inteligente, con un sentido mercantil innato. Tenía cuarenta y cinco años, la edad del régimen comunista húngaro, o casi. Y sin haber vivido nunca en un mundo de mercado libre, ya había vendido de todo, siempre con éxito.

Había traficado con productos difíciles de encontrar en los almacenes oficiales: hojas de afeitar, medias, azúcar, papel pintado, zapatos. También se había dedicado al comercio con objetos más originales, más artísticos. Tenía un don para ver el segmento exacto del mercado, el hueco minúsculo en que se creaban necesidades imperiosas para las que aún no se disponía de las mercancías. Y Adam no levantaba cabeza hasta dar con el modo de satisfacer aquella necesidad.

Cuando tenía veinte años, había tenido un negocio ilegal de Coca-Cola y chocolates Cadbury que un primo suyo le traía de Londres, adonde viajaba para participar en competiciones deportivas. Los vendía carísimos a la juventud dorada de Budapest que hacía *parties* a la estadounidense.

A los treinta, vendía vestidos y muebles tradicionales recuperados en las viejas granjas a clientes de las ciudades que redescubrían la cultura popular. Llegó a escribir un pequeño tratado de magia páloc con el que acompañaba unas muñecas de madera y tela que tenían poca salida: si se las tiraba al agua el domingo de Pascua proporcionaban fertilidad.

Vendió compañías de baile a salas de espectáculos y manuales de lengua húngara al ejército ruso de ocupación. Estaba en la cima de su arte cuando se hundió el régimen. La entrada de Hungría en el capitalismo liberal lo sumió en un estado de excitación extrema. Tras haber pasado revista a las distintas formas de comercio posibles, se decidió por un sex-shop. La mezcla de arquitectura imperial, alcohol barato y tiendas como la suya tenían que convertir a Budapest en un destino turístico muy apreciado por los jóvenes europeos. Y si ello no era inmediato, lo sería en pocos años. El Diamond Sex Shop estaría listo para recibirlos.

Karoly había elegido aquel nombre porque lo encontraba sexy y tranquilizador a la vez. Prometía calidad, internacionalismo, lentejuelas. Como Imre tenía la edad de los futuros clientes y los sex-shops parecían fascinarlo, Karoly puso el nombre a prueba con él. Un día en que Imre daba vueltas por la acera de enfrente, Adam, que había salido a fumarse un cigarrillo mientras los operarios colocaban las últimas estanterías, le hizo señas para que se detuviera. Cuando el chico estuvo cerca, Adam arrojó la colilla al canalillo de la alcantarilla y le preguntó, sin otra introducción, qué le evocaba el nombre Diamond Sex Shop.

—Acostarse con Marilyn Monroe—dijo Imre.

La respuesta le encantó al propietario. Le propuso al chico que le ayudara en la tienda.

El hecho de que Imre fuera menor no les preocupaba ni a uno ni a otro. La desordenada eclosión de empresas a lo largo y ancho de la ciudad garantizaba a Adam Karoly que nadie se tomaría la molestia de controlar la legalidad de las tiendas. ¿Quién iba a atreverse a enviar policías o incluso a invocar la existencia de unos formularios que rellenar cuando el país por fin se había liberado de la administración comunista?

—En cualquier caso es mejor que no le digas nada a tu madre—le aconsejó Karoly, guiñándole un ojo con complicidad.

Imre se mordió el labio.

—Eso no será ningún problema—le contestó con un tono inexpresivo.

La muerte de su madre lo había dejado casi huérfano del todo. Pál, confundido, apenas le prestaba una vaga atención y el abuelo estaba enfadado con él. No soportaba que su nieto hubiera desoído sus consejos y abandonado los estudios. Cada vez que Imre se refería a su trabajo, hablaba lacónicamente del Diamond, el nombre de un bar o de un club que se pretendía estadounidense. Había muchos así en la ciudad. La gente iba a tomarse una cerveza al New-York o al Chicago. En cualquier caso, Imre tenía pocas ocasiones de hablar: cuando salía de casa, nadie le preguntaba adónde iba. Eso lo decepcionaba un poco. Le hubiera gustado, pensaba algunas veces, que algún lapsus descubriera a su familia su valentía y su inconformismo. Soy un rebelde, se decía. Sólo que no podía incurrir en ningún lapsus si nadie trataba de conversar con él.

Zsolt le habría susurrado a Imre algunos versos al oído, con aquella mezcla de ironía y grandilocuencia que caracterizaba todas sus citas. Habría encontrado algún pasaje que se adaptara a la situación, quizá le habría dicho burlándose de sus penas: yo no tengo padre ni madre, ni Dios ni patria, ni cuna ni mortaja, ni besos ni amor. Mis veinte años están en venta.

Pero tampoco Zsolt estaba allí. Ahora debía de estar recitando los poemas de Attila József a los habitantes de Debrecen. Su amigo estaba en la lista de todo lo que echaba de menos. El mundo de Imre se limitaba al Diamond Sex Shop.

Era un local exiguo, no mucho más grande que el salón de la casa de las vías. Las paredes estaban cubiertas de expositores en los que había revistas y vídeos, pero también algunas máscaras, un uniforme de enfermera, unas esposas y ropa interior comestible. Los envoltorios de plástico y las cajas decoradas con fotografías lucían iluminadas con una luz tenue, como si estuvieran en el fondo de un recipiente con agua. Reinaba allí un silencio también acuático, turbado de vez en cuando por los murmullos de algún cliente.

Los *sex toys* estaban dispuestos en una vitrina, detrás de la caja, ordenados por tamaño y color. Se hubiera dicho que eran árboles futuristas o ramas de corales raros que crecían detrás de Imre, en un invernadero iluminado con neón. Los clientes atraídos por los penes de goma tenían que contentarse con mirarlos de lejos o tener el valor de pedirle que se apartara de la caja para poder verlos. Él se apartaba del mostrador murmurando un por supuesto, con la esperanza de que no le pidieran su opinión sobre los distintos modelos.

Hubiera querido trasladarlos al otro extremo de la tienda, aquella presencia a sus espaldas le molestaba. Pero a Adam Karoly no le gustaban nada las tiendas en las que la gente coge los productos con la mano, se burlan o se hacen fotografías con algún accesorio gigante y luego se largan sin haber comprado nada. Su tienda era seria. Aquél era un local destinado a la venta.

Cuando estaba en la tienda, todo lo demás dejaba de existir para Imre. Le gustaba que desapareciera el mundo, no tener que pensar en otra cosa. Sentía que el Diamond era su sitio. Su jefe confiaba en él. Los clientes le sonreían con amabilidad, ansiosos por mostrar que eran seres humanos normales con independencia de lo que pudieran indicar sus compras. Su frustración enmudecía, sofocada por la cantidad de estímulos sexuales que lo rodeaban. Al principio se había encontrado un poco incómodo en aquel entorno. Al final de una jornada de trabajo, todas las imágenes de cuerpos, senos, lencería y sexos profusamente expuestos acababan por mezclarse en su cabeza en una especie de niebla nauseabunda. Para evitar la sensación de hartazgo, decidió seleccionar cada mañana las portadas que iba a tener ante sí a lo largo de las horas. Enseguida descubrió a una supuesta estudiante checa cuya fotografía se repetía mucho. En lo alto de un cuerpo perfectamente pornográfico, tenía una cara agradable, un poco sorprendida con unas gafas mariposa que no se quitaba nunca. A Imre le gustaba mucho. Mantenía largas conversaciones con ella cuando no había clientes.

—¿Son tu tipo, las intelectuales?—le preguntó Adam Karoly.

Imre se encogió de hombros ruborizándose. No sabía con certeza cuál era su tipo. Desde la mujer de los baños Lukács de dos años antes no había tenido ocasión de progresar en su descubrimiento de la sexualidad y seguía pensando en ella con cariño como si hubiera sido su primera compañera. De vez en cuando contaba que se había acostado en las duchas con una vieja. Lo hacía para evitar cualquier descrédito. Pero no tenía el conocimiento basado en la experiencia personal que le permitía a Karoly hablar con tranquilidad de lo que le gustaba y de lo que no. Su cuerpo no le enviaba a Imre más que señales confusas.

Al ver las fotografías de la estudiante checa se sentía bien. Experimentaba deseo. Era lo único que podía decir.

—Quizá—contestó a su jefe, que le dio una palmada en la espalda.

A Adam Karoly le gustaba el pudor tímido de Imre cuando se hablaba de asuntos escabrosos. Paradójicamente era uno de los mejores incentivos para la venta: el sexo no era cosa de pervertidos. A los clientes les impresionaba encontrar aquella ingenuidad en el corazón de un antro negro y rosa. Compraban los *sex toys* como quien compra un ramo de flores.

La ternura que Imre sentía por la estudiante checa y por el ambiente que reinaba en el Diamond eran fruto de una época en que la sexualidad se liberaba tímidamente. No había pornografía gratis ni de fácil acceso, seguía suponiendo una lucha o al menos un gasto: había que entrar, pedir, pagar, había que confesar lo que uno quería. Se creaba un compromiso, casi una relación, entre el comprador que entraba en una tienda y las modelos que había en el interior, cuyas fotografías no estaban nunca retocadas. Cuando los hombres se pajeaban delante de las mujeres desnudas de los pósteres o de las películas, pensaban que eran reales, podían imaginar que tenían un padre, una madre, incluso una casa entre las vías. No llegarían a mil las que verían a lo largo de su vida, y la que tenían delante tenía su importancia, sobre todo si era la primera. Podían incluso enamorarse. Recordarían su nombre durante mucho tiempo.

En julio de 1991 Imre tuvo la sorpresa de recibir de un proveedor una colección de figurines de cartón de tamaño natural que representaban a las chicas más *hot* del momento, como anunciaba una banda roja y dorada al pie de cada silueta. La estudiante checa rubia estaba entre ellas. Llevaba unas gafas con lentejuelas y una bata blanca larga y abierta. Miraba hacia arriba, como si buscara a alguien más allá de la cámara de fotos. Imre se imaginaba que el novio de la estudiante checa estaba detrás del fotógrafo, sonriéndole con cariño. Seguro que era ingeniero de caminos.

Imre colocó la silueta al lado de los vídeos. Cuando algún cliente le preguntaba por una película, contestaba:

—Pregúnteselo a mi compañera.

Generalmente el cliente esbozaba una sonrisa educada, pero Imre se reía abiertamente, convencido de que a la estudiante checa le gustaba la broma. Cuando el cliente se iba, Imre comentaba con ella su actitud:

—Bueno, éste era un tímido. Ni siquiera se ha atrevido a mirarte.

O también:

—Me parece que le has gustado, Anastazie.

Era el nombre de la estudiante, en todo caso el que él le daba en sus conversaciones.

Adam Karoly miraba con escepticismo aquella relación de su empleado con el figurín de cartón. Pensaba que la silueta era un estorbo y que no tenía ninguna utilidad. Para él, Imre sencillamente jugaba a las muñecas. Pero no se atrevía a prohibírselo. Al fin y al cabo, a muchos de los clientes del Diamond también les gustaba jugar a las muñecas.

Cuando la tienda estaba vacía, Imre hojeaba las revistas estadounidenses en busca de californianas, y cuando las encontraba—haciendo surf completamente desnudas en un mar azul y dorado o fingiendo un rodaje en Hollywood sin más ropa que una visera de director—, pensaba en Zsolt. En sus sueños del pasado nunca habían tenido en cuenta el problema del dinero. Ahora las fronteras estaban abiertas, pero los precios de los billetes de avión mantenían a las californianas tan lejos de Zsolt y de Imre como en los viejos tiempos. En su paraíso de arena y Cadillacs eran intocables y perfectas. A manera de resarcimiento de la historia, Imre se contentaba con acariciar con el dedo aquellas imágenes en papel cuché, tratando de recordar las primeras estrofas de la «Oda a las californianas de Estados Unidos». La realidad no era exactamente como el futuro que había imaginado cuando oía hablar a Zsolt de la caída del comunismo. No exactamente.

Lo único que le resultaba desagradable a Imre del Diamond era la inmediata vecindad de una tiendecita de bodas que abría a la misma hora que él por la mañana y cerraba a la misma hora por la noche. Todos los días tenía que saludar a la propietaria cuando ambos levantaban la persiana metálica de sus respectivas tiendas. En cuanto le daba la espalda, creía notar su mirada de reproche y de repulsa. Se sentía culpable cuando comprobaba que entraban muchos más clientes en el sex-shop que en la tienda de al lado. Tenía la vaga impresión de estar contribuyendo a aumentar la perversión del mundo.

La tienda de bodas tenía siempre el mismo escaparate: un vestido largo de novia blanco y un vestido corto de dama de honor. Los modelos cambiaban pero el esquema básico era el mismo. Siempre dos vestidos, uno junto al otro. Parecía que las bodas eran un mundo únicamente femenino, una ocupación para las amigas íntimas, mientras que la puerta del Diamond sólo se abría a un mundo de hombres.

Un día, una de las dependientas de al lado entró en el sex-shop a pedirle a Imre un rollo de papel para la caja registradora. Él se ruborizó hasta las cejas cuando se dio cuenta del horror con que ella estaba mirando la mercancía expuesta, incluso el último número de *Penthouse* del mostrador del que Imre estaba muy orgulloso; en él la guapa estudiante checa llevaba un birrete de graduación digno de las mejores universidades estadounidenses.

Le había hablado de su incomodidad al propietario del Diamond, que se había encogido de hombros y le había dicho:

—No les hagas ningún caso. Tú vendes, ellas venden. Hacéis lo mismo.

Imre se propuso seguir su consejo y dejar de ruborizarse ante sus vecinas. Así que era relativamente feliz en su caja del Diamond, seis días a la semana.

Allí era el amo, con todo el entusiasmo de sus diecisiete años, dieciocho luego, diecinueve más tarde. Cada vez conocía mejor la mercancía, se estaba haciendo un profesional. WE ARE SEXTREME, anunciaba ahora un letrero encima de la puerta; como había previsto Adam, cada vez había más angloparlantes en las calles de Budapest. Y cuando Imre levantaba la persiana metálica, pensaba lleno de orgullo: *oh yes, we are.*

EL SECRETO DE LOS CANGUROS

En 1945 no resultaba agradable ser mujer.

El Ejército Rojo entró en Budapest, una oleada de hombres agotados, destrozados. Y hambrientos. En la orilla izquierda del Danubio, en lo alto de la colina del Castillo, un puñado de SS resistía aún en medio de las históricas ruinas. Era otro grupo de hombres maltrechos que no tenían nada que perder; disparaban sus ametralladoras desde las ruinas de los muros. Se refugiaban detrás de los restos de estatuas, de un ala del Turul—el ave mítica que había guiado a los primeros caballeros magiares—, de un caballo del emperador de Austria al que le faltaban las patas, de la cabeza de un querubín mofletudo con el cuerpo reducido a polvo. La colina estaba ennegrecida y humeante. Los tesoros del Castillo ardían. En la capilla real, las enormes arañas del techo habían caído al suelo, con sus voluminosas formas aplastadas contra las losas como medusas varadas, y las cadenas de las que habían colgado, rotas, cortaban el espacio con su brillo vertical. Hubo fugitivos que se llevaron pedazos de las antiguas glorias de los Habsburgo. Pero unos metros más abajo las tropas rusas los cogían en plena carrera, y el escudo de armas, el puñado de oro, las lágrimas de cristal se les caían de las manos.

Los puentes habían saltado. Las pesadas cadenas del Lánchíd se hundían en las aguas grises del Danubio. El metal verdoso del puente de la Libertad estaba retorcido y humeaba. Hombres armados, sucios, con una barba que les ensuciaba el rostro, recorrían las dos orillas en partidas nerviosas y presurosas.

Escondieron a las mujeres. Escondieron a las muchachas y a las niñas. Sara no debería haber ido nunca al mercado. Y sin embargo—decía el abuelo—, no era tan guapa.

Había ya dos niñas pequeñas en la casa de las vías. Panka y Eszter tenían un apetito feroz y voces potentes. Había que alimentarlas. A Sara le movía un instinto animal cuando se trataba de sus hijas. Podía caminar durante horas para dar con un bote de leche en polvo, una pieza de fruta, un poco de pan. Era un instinto profundo que despertaba en ella, como si fuera una loba. Era imposible retenerla en casa, ni hacerla entrar en razón. Sentía súbitamente el hambre de las niñas y se levantaba de su butaca. No podía soportarla. Había una especie de telepatía entre Sara y sus hijas, una relación que al abuelo le daba celos, pues la fragilidad de aquellos cuerpecitos lo hacía consciente de su torpeza, de sus manos sucias.

Sara había salido a buscar comida para las niñas. Tardaba mucho. Ya había caído la noche en la casita y no había vuelto. El abuelo empezaba a pensar que la habían detenido o que la había alcanzado alguna bala perdida.

Finalmente, poco antes de la medianoche, había oído el ruido de la puerta.

Sara había vuelto con sangre en la frente, la falda manchada de tierra, un dedo roto y con Pál en sus entrañas. Se metió en la cama y durmió quince horas seguidas.

Nunca habló de aquello. El abuelo no le preguntó nada.

—¿Qué más dará que sea ruso o alemán?—se decía encogiéndose de hombros.

De todos modos, había tratado de adivinar, de descubrir algo en los rasgos de Pál a medida que el niño crecía. Que fuera rubio no le revelaba nada. La melancolía del niño podía muy bien ser húngara. Tenía los ojos pardos de su madre. Fueron finalmente los pómulos lo que acabó de convencerlo de que Pál tenía que ser eslavo. Y aunque no le gustaba, el abuelo pensaba cada vez más en el muchacho como en el «rusito». No lo aceptaba como hijo suyo.

Hubiera podido suceder que Imre no se enterara nunca de esta historia. Ni Pál ni el abuelo hablaban de las viejas penas. Pero su tía Panka decidió contársela en la primavera de 1992, en un café verde y negro que estaba cerca del hospital Sándor. Era la cuasi gemela preferida de Imre. Era un poco menos brusca que su hermana. De todas formas, desde que se habían separado, las dos habían perdido algo de su desabrimiento. Pero Panka tenía un carácter más dulce.

Por eso, le había pedido a Panka que lo acompañara cuando había ido al hospital a ver a Ági.

Después de la visita, teniendo ante sí unas tazas humeantes en una mesa pringosa, Palka había empezado a hablarle de los rusos, de la violación, del nacimiento de Pál, como si Imre estuviera enterado de todo aquello. Pero no lo estaba. Y la carga añadida de aquella insólita información parecía estar licuándole el cerebro. Sin dejar de concentrarse para no perderse nada de lo que le estaba contando su tía, le preocupaba una posible hemorragia y se tocaba nerviosamente los oídos para comprobar que no salía por allí ningún líquido vital.

—Cuando estaba embarazada de tu padre—le contó Panka a Imre—Sara se puso enorme. Triplicó su volumen. Parecía que fuera a explotar. Y sin embargo, cuando nació Pál, era pequeñísimo. Ridículo.

Imre recordaba la expresión del abuelo: el hijo de su madre y de la tristeza. Se decía que ésta debió de ocupar el vientre de Sara. La tristeza junto al bebé. No había podido librarse nunca de ella. El niño había salido, pero la tristeza se había quedado, había construido una morada en su interior.

Mientras hablaba, Panka intentaba imaginárselo, se ponía en el lugar de su madre. Trataba de sentir cómo crecía dentro de ella aquel niño que había entrado por la fuerza. En parte odiado. Y al que su madre iba a adorar luego más que a ninguno.

—A *Apa* le parecía una provocación que ella prefiriera el hijo de un Ruskoff a los suyos—dijo ella, fumando un cigarrillo.

Vaciló un poco, por su mirada parecía como si se hubiera ido a buscar los recuerdos guardados en el interior de su cabeza, y luego reconoció:

—A mí tampoco me gustaba aquello.

Aplastó el cigarrillo en el cenicero de cristal encogiéndose de hombros como para defenderse de una acusación.

—No lo entendíamos.

Volvió a suspirar.

—Nadie entendía a Sara. Salvo tu padre. Se parecían mucho. Era como si ella hubiera conseguido que desapareciera de él su mitad rusa. Como si, a fin de cuentas, por un esfuerzo de voluntad, no hubiera sido concebido más que por ella.

Imre entendía ahora mejor el distanciamiento del abuelo, que su relación con Pál fuese tan rara. Panka miró hacia el hospital en que acababan de dejar a Ági.

—Claro que en aquella época no se tenía este tipo de opciones. Pero no sé…

—¿Qué?—preguntó Imre.

—No sé si en algún momento ella pensó en no tenerlo.

Imre sentía que él estaba excluido de aquellas consideraciones. Panka ni siquiera lo miraba. Le era imposible abordar aquel problema del mismo modo que su tía, Ági o Sara. Era un asunto de mujeres. Unos misterios que sólo se podían comprender si se tenía un vientre portador, la gran bolsa fértil que las unía entre sí, incluso a Panka, que nunca había tenido hijos.

En el hospital, una hora antes, había observado que su hermana tenía las piernas pegadas, no las había separado ni un instante. Ya no abandonaría nunca aquella extraña postura en la que pegaba los muslos en un ademán de defensa y de dolor. Todo el mundo la asociaría enseguida a aquellos pasitos suyos cortos y tensos, a aquel cuerpo ligeramente inclinado hacia delante.

Había tenido un aborto difícil, con complicaciones. Llevaba ya cinco días en el hospital y la fiebre no le bajaba.

Panka parecía estar pensando que aquél era un buen momento para hablar de Sara y de Pál. Todas las historias de vientre torturado se parecen.

—¿Tú sabes quién es el padre?—preguntó bruscamente.

Imre comprendió por el tono que ella no vacilaría en cortarle los cojones si supiera quién era. No tenía nada contra la idea. Desgraciadamente no sabía gran cosa.

—Es un escritor—dijo.

—¿Qué gilipollez es ésa?—comentó Panka con voz aún más despectiva.

—Y no habla húngaro—añadió Imre.

Él recordó la noche de la pelea de gatos. Por un instante sintió la necesidad de confesarle a su tía que, aunque no sabía nada del hombre en cuestión, había visto por el ojo de una cerradura el instrumento responsable del embarazo de Ágnes. Aquella cosa reposaba tranquilamente sobre el muslo izquierdo del hombre, tenía un color entre rosado y parduzco y un tamaño que en aquel momento le había parecido sorprendente. El doble trauma que le había producido la visión en sí y el vínculo que había que establecer entre la cosa y su hermana lo había marcado profundamente. Pero prefirió callar y remover su café para enfriarlo un poco. No estaba seguro de que Panka lo comprendiera.

EL HOMBRE DE LA POLLA

El hombre que Zsolt e Imre habían visto aquella noche en casa de Ági era, como ella les había dicho, un escritor extranjero. Un francés. Era profesor en la Universidad de Budapest. Dirigía un taller en el que los estudiantes traducían al húngaro las obras completas de Aragon, a raíz de la muerte del escritor en 1982. Era un homenaje. El joven profesor había conocido personalmente a Aragon y a Elsa Triolet, a la que llamaba por el nombre para admiración de sus alumnos.

A Ági no le gustaba la literatura comunista, pero la seducían los escritores franceses, fuera cual fuese su adscripción política. Le había bastado la lectura de «Il n'y a pas d'amour heureux» para empezar a idolatrar a Aragon y al profesor. Éste se llamaba Étienne Causse. Era joven, hablaba de poesía con entusiasmo, llevaba pantalones de pana y el pelo un poco largo. Había escrito algunas cosas que había publicado en revistas francesas. Ági había encontrado un ejemplar en la biblioteca de la universidad.

Era una novelita extraña, una historia de prostitutas asesinadas por sus clientes. Los asesinatos se producían en una lujosa casa de citas de París. El lector se daba cuenta enseguida de que los asesinatos eran el nuevo capricho de los hombres que frecuentaban el lugar. El sexo ya no les producía suficiente placer y querían cambiar de diversión. Uno de ellos—un anciano, veterano de la guerra de Argelia y medio loco a causa de lo que tuvo que hacer allí a principios de los sesenta—estrangula un día a una joven prostituta pelirroja en el curso de un juego erótico. No se llegaba a saber si el juego se le había ido de las manos o si había obrado deliberadamente. Tras el incidente, les contaba a los demás clientes las sensaciones que le había producido el asesinato y todos decidían imitarlo. Una a una, las chicas de la casa aparecían muertas. Los clientes, ricos e influyentes, compraban el silencio de la patrona alternando dinero y amenazas. Aterrorizada por aquellos hombres sin escrúpulos, ella se dejaba convencer y no llamaba a la policía. Pero ¿qué hacer con los cadáveres? En una escena especialmente terrible, Étienne describía el recorrido de la madama por los pisos de su silencioso establecimiento. En cada alcoba descubría a una muchacha sin vida. Llevaban todavía su ropa de trabajo: una criada, una reina de Austria, una monja, una vampira a la que la dentadura falsa fruncía el labio superior, dos niñitas con coletas rubias y la princesa Grace Kelly. Estaban echadas en el suelo de la habitación o tiradas en la cama como muñecas rotas, sus trajes dejaban ver entrepiernas perfectamente depiladas, senos rosas, en algún caso un tatuaje que la patrona había permitido con la condición de que no fuese vulgar. Las cortinas rojas, las imágenes pornográficas de las paredes, las velas, todo estaba en su sitio, todo estaba intacto. Sólo las muchachas habían sido despiadadamente aniquiladas.

La patrona sollozaba y se asustaba ante aquellos cadáveres que tenía que hacer desaparecer y a los que se negaba a tratar sin la debida dignidad. Llamaba a los pocos empleados varones que la ayudaban a mantener la casa y analizaba con ellos las posibles soluciones hasta entrada la noche, mientras fumaban un cigarrillo tras otro. Acababa imponiéndose la idea de su sobrino—el agente de seguridad—y llevaban los cadáveres discretamente al cementerio Père-Lachaise, donde los introducían en viejas tumbas que no contenían más que osamentas. La historia terminaba con la descripción de una pareja de turistas estadounidenses que había ido a poner flores a las sepulturas de escritores y músicos célebres. Ignoraban que en realidad estaban rindiendo un último homenaje a unas muchachas de vida alegre anónimas, sacrificadas por las perversiones de sus clientes.

Ági había leído este texto con una desazón creciente, sin saber bien si el carácter chocante del ambiente se debía a la voluntad del autor o a su insuficiente nivel de francés. Tenía que buscar las palabras malsonantes en el diccionario porque no las había estudiado en la universidad. Cada vez que encontraba una definición se ruborizaba. Trataba de convencerse de que el diccionario empeoraba el sentido de aquellas expresiones. Étienne no podía escribir cosas tan detestables. O quizá sí. Y Ági notaba que al mismo tiempo que la desazón, su atracción por el joven profesor crecía con cada palabra obscena, con cada escena de sexo. Cuando llegó al final, se había enamorado.

La noche de la pelea de gatos fue una de las primeras que pasaron juntos. A él le gustaba ir al pequeño estudio. Decía que allí se sentía inspirado. Muy pronto se instaló a medias en él, dejaba allí una chaqueta, papeles, cigarrillos. Cuando se iba a Francia para hablar del comunismo y la recepción de Aragon en el extranjero, le traía de allí algún regalo. Lencería, ropa.

Ella adoraba a Étienne. Adoraba dormir con Étienne y adoraba escuchar a Étienne disertar sobre Francia. Le hablaba de Mitterrand, del que decía que era falso, capitalista y colaboracionista. Decía que los franceses no tenían ni idea de lo que era una política de izquierdas. Hemos nacido demasiado tarde, querida, decía a menudo. Le hubiera gustado hacer una revolución. A Ági le sorprendía descubrir en él un romanticismo histérico, no muy lejano al suyo, que le parecía incompatible con el comunismo. Él explicaba que Hungría se había quedado bloqueada en una fase intermedia del proceso político y que la Guerra Fría había impedido que se concentrara en lo verdaderamente importante. No se había llegado al estado supremo en el que definitivamente nada pertenecería a nadie.

—Y nosotros tampoco seremos nosotros mismos, Ági, eso ya no querrá decir nada. Nosotros seremos el mundo entero.

También le hablaba del mar, que Ági había soñado ver toda su vida. Ella decía que se ahogaba en un país sin costas. Siempre asociaba el mar a la embriaguez: había leído libros cautivadores que hablaban del viento y de las olas. Pensaba que era literal. Quería saberlo todo del Atlántico. Étienne se echaba en la cama con ella, ponía la cabeza en su vientre y le hablaba de la Bretaña. Ági le rascaba suavemente tras las orejas y la nuca.

A veces ella sospechaba que se acostaba con otras chicas. Notaba un perfume extraño. Se duchaba en cuanto llegaba a casa antes de pasar a verla. Cuando llegaba una alumna nueva a la clase, Ági la estudiaba con angustia. De repente tenía la impresión de que Budapest rebosaba de chicas guapas. Se miraba en el espejo, se preguntaba qué podía inducir a un hombre a quedarse con ella, qué tenía que no tuvieran otras. Pero el joven profesor volvía siempre. Seis años. Casi todas las noches.

Nada más quedarse encinta se sintió muy feliz. Estaba dispuesta a ser madre. Y, ahora que se habían abierto las fronteras, esperaba que Étienne los llevara a París a ella y al niño que iba a nacer. Subirían los tres a la torre Eiffel. El contrato de Étienne se acababa ya. La universidad se lo había prolongado algún tiempo después de la caída del régimen porque tenía la ventaja de estar ya en Hungría. Pero ahora que otros profesores cruzaban Europa, no estaba bien visto seguir pagando a un comunista para que enseñara a la juventud del país. Tendría que volver a París en pocos meses.

La noche en que Ági le informó de su estado, se había puesto un vestido rojo con grandes lunares blancos. Era la ropa más francesa que tenía y quería darle a entender que estaba dispuesta a hacer el viaje con él.

Pero el profesor dijo que no.

Tenía ya una familia en Francia. Escucha. No es lo que tú crees. Tenían problemas entre ellos. Ya no había amor. Nada que ver con lo nuestro. Pero tenía responsabilidades con ellos. La familia es sagrada. Trataría de empezar de nuevo cuando volviera a París. Quería asumir su deber de hombre y de padre y vivir con ellos. Tú tampoco abandonarías a los tuyos.

¿La carta de postres?

Tenía dos niños que lo necesitaban. Los he privado de un padre demasiado tiempo. El mayor andaba por los nueve años. No se puede romper una familia. No se puede empezar una nueva en otra parte. Naturalmente pagaría el hospital de Ági. No tenía que preocuparse de nada.

A lo largo de toda la cena, él le ofreció vino. Y cuando Ági lo rechazaba a él se le ponía cara de enfado, molesto por el recordatorio del embarazo. Hubiera preferido que ella disimulara ya que en cualquier caso ella no iba a tener el niño.

No llores.

Pagaría incluso un poco más si hiciera falta, si ella tuviera necesidad de ayuda después. Ella se merecía vivir como una princesa.

Nos están mirando.

Pagó efectivamente y después se fue de Budapest sin dejar su dirección.

Imre pensaba, pensaba mucho. Sobre todo en la muerte. Ildiko había sido la primera persona próxima que había desaparecido. Era un golpe de ariete en su castillo. La pérdida de la persona que le había dado la vida se había llevado consigo parte de su existencia. Se sentía incompleto, como si el envoltorio de su cuerpo disimulara agujeros, órganos desaparecidos. Padecía una especie de incapacidad para vivir con tranquilidad, al día, ahora que faltaba su madre. Se había ido antes de haber tenido tiempo para transmitirle su talento para tomar las cosas como vienen. Lo había dejado roto, agrietado, sin muros, y el miedo le roía las tripas. Imre sólo veía la fragilidad extrema de su familia.

Tenía miedo por Ági, por Pál, por el abuelo. La idea de que uno de ellos pudiera morir le resultaba insoportable. Ahora le parecía que estaban rodeados de peligros. Era un milagro que hubieran conservado la vida hasta aquel momento, pensaba.

Imre estaba pendiente de su pequeño mundo con una atención paranoica. Leyó los prospectos de los medicamentos que tomaba el abuelo y descubrió contraindicaciones terribles: amenazas de crisis cardíaca, de vellosidades indeseadas, de malformaciones del feto. Tampoco los fármacos eran dignos de confianza. Y, sin embargo, confiaban en ellos. No recelaban de todas las formas que puede tomar la muerte. Imre se despertaba durante la noche tras haber visto en sueños nuevas amenazas. Hacía una ronda por las camas, comprobaba que su padre y su abuelo respiraban, luego volvía a acostarse pero no conseguía conciliar el sueño.

Precisamente por entonces le cayó encima la responsabilidad de ocuparse del transformador, el monstruo de las chispas que lo había aterrorizado en su infancia. El abuelo no se movía ya de su sillón y Pál se había vuelto peligrosamente distraído desde la muerte de su mujer. Imre se encargó de las inspecciones de la maraña de cables del gran armario metálico. Los años no lo habían hecho más seguro. Al contrario, habían atacado los revestimientos de caucho y corroído los conectores. Imre ponía cinta aislante de color naranja para impedir el contacto de los metales, pero en realidad no sabía lo que hacía.

Sus inquietudes y sus rondas cotidianas le impedían pensar en dejar la casa de las vías, ni siquiera ahora que su salario en el Diamond le habría permitido vivir en el centro de la ciudad. No se atrevía a pensar en romper su reducida célula familiar. Al menos, se decía, había escapado de la estación. Había encontrado trabajo en otra parte.

Después de su aborto, Ági perdió el gusto por todo. No lo notó inmediatamente, en un primer momento pensó en seguir con su vida tal como la había dejado. Pero, sola en su estudio, se dio cuenta de que ya no le interesaba nada. Y menos aún la literatura francesa. Le importaba un comino. Ni siquiera el mar la hacía soñar. Se quedaba horas en la cocina mirando el patio interior por la ventana como las viudas silenciosas de los apartamentos vecinos. Apenas se movía, se encontraba demasiado mal. El menor movimiento la agotaba, el cansancio la dominaba. Andaba sin dejar de apretar los muslos, la aterrorizaba la idea de que algo pudiera volver a deslizarse en su interior.

Cuando Imre iba a visitarla se la encontraba pegada a los cristales. Pero ella le decía que, en realidad, no miraba nada. Se limitaba a estar allí, con la frente apoyada en la ventana. Él no soportaba verla así, ni pensar que estaba sola. Le daba miedo que se tomara todas las medicinas. Cuando llamaba por el interfono, le daba miedo que no le contestara nadie, tener que derribar las puertas, encontrársela en el suelo, con los labios morados y la mirada perdida. Le propuso que volviera a vivir con ellos.

Aquella misma noche, él la acompañó hasta la casa de las vías, con una maleta minúscula que no contenía más que su ropa parisina. Había dejado todo lo demás en el apartamento. Habría preferido quemarlo todo. Como si Étienne hubiera contaminado los muebles, como si hubiera dejado olvidado algo de él, como si hubiera deslizado recuerdos en las hendiduras del suelo, seis años de vida desmenuzados en las sucias pelusas polvorientas de debajo del canapé, en los rincones. Se negaba a tocar nada de allí dentro. Fue Imre el que hizo la mudanza después de que ella se hubiera ido.

Cuando entró por la puerta de la casa de las vías, apoyada en su hermano, Ági no se parecía en nada a la chica llena de vida que se había ido algunos años antes. Sus nuevos andares, con las rodillas pegadas, los muslos apretados, le impedían todo desplazamiento rápido. Vacilaba continuamente, se negaba a sentarse. El dolor entre sus piernas era demasiado agudo.

Encontró su cama en el cuarto de los niños, al lado de la de Imre. Por la noche gemía, hacía rechinar los dientes y emitía unos silbiditos como de pájaro enjaulado. Durante el día se quedaba inmóvil y canturreaba en francés. Imre no comprendía aquellas palabras. Su voz se había hecho más débil aún. Apenas se la oía. Era un murmullo, un sonido cuyo origen resultaba difícil descubrir.

Imre tuvo que ordenar sus posesiones personales y los

documentos propios de su trabajo en el sex-shop, los catálogos de proveedores, las fotografías dedicadas de Anastazie que coleccionaba, muestras de tejidos para una próxima gama de productos.

—*Apa* me ha dicho que trabajas—le preguntó Ági—, ¿qué haces?

—Soy camarero en un bar—le contestó Imre.

No estaba seguro de que Ági pudiera volver a oír hablar de sexo. No después de lo que acababa de pasar.

Le resultaba difícil mirar a su hermana sin que su trabajo le hiciera sentirse culpable. Ági era la prueba de que aquello a lo que dedicaba sus días podía conllevar operaciones dolorosas, provocar traumas. Ya no era aquel ámbito técnico de accesorios destinados a procurar un mayor placer que Imre conocía, sino un brutal terreno de juego con ganadores y perdedores. Durante algunas semanas no pudo mirar a los ojos a los clientes a quienes vendía los productos del Diamond. Le daba vergüenza pertenecer al sexo masculino, compartir algo con el hombre de la polla. Tenía la impresión de formar parte del bando de los malos.

—*Business*—le contestaba Adam cuando le planteaba sus dudas—: los negocios no eligen campo.

Imre trataba de acomodarse a esta ausencia de moral. Cuando no veía a su hermana, podía creer que lo lograba. Pero el resto del tiempo era inútil.

Durante los primeros meses después de su vuelta, Ági no hizo nada. No salía, no ayudaba a nadie, no hablaba. Se levantaba por las mañanas, se ponía uno de sus vestidos parisinos, se volvía a acostar y echada de espaldas cantaba con la mirada fija en el techo. Cuando llegaba la noche, se levantaba un momento, se quitaba la ropa, volvía a acostarse y se dormía haciendo rechinar los dientes.

Sus vestidos eran magníficos. A Ági siempre le habían

gustado los colores vivos. Los tenía rojos, amarillos, blancos. Con hombreras y escote de pico. Ajustados. Faldas con vuelo. Los vestidos de seda y el cuerpo sufriente de la muchacha ofrecían un contraste turbador. Bajo los brillantes tejidos, se adivinaban los ángulos de su postura, la mortificación de sus huesos forzados y siempre el triángulo de sus rodillas pegadas.

Se quedaba acostada, inmóvil, una mancha de color brillante en su camita de niña. Imre la dejaba allí cuando se iba por las mañanas y cuando volvía la encontraba en el mismo sitio. A él le preocupaba la situación, pero ella sonreía ante sus apremiantes preguntas y no se movía.

—Deberías trabajar—le dijo Pál.

Fue lo único que se le ocurrió para ayudarla. Pensaba que el trabajo seca la tristeza, que basta con no tener tiempo para llorar para que las cosas se arreglen. Después de la muerte de Ildiko, había empezado a prolongar sus jornadas. Siempre había alguien en la estación de Nyugati que quería cigarrillos, una cerveza, un bocadillo. Todos los despojos, los náufragos de medianoche de las estaciones pasaban por su chiringuito, tomaban una cerveza, hablaban un poco. Un cortejo de viudos, de perdidos, de insomnes, con narices tan carnudas que podrían abrirse en ellas orificios suplementarios, de andares tambaleantes y olor rancio. Tenían los ojos acuosos y unas historias de vida tan repetitivas que ya no les afectaban. Sin embargo, por seguridad preferían beber hasta hacerlas desaparecer completamente. Y Pál, apretando entre las manos una taza de café de plástico, se dejaba mecer por las penas ajenas hasta que llegaba la hora de irse a dormir.

Ági no hizo caso a la propuesta de Pál, pero Imre sí, siguió los consejos de su padre. Casi no dormía desde que Ági había vuelto al cuarto de los niños. Para llenar sus insomnios, se entregaba frenéticamente a la vigilancia que había emprendido tras la muerte de su madre y se levantaba veinte veces para vigilar el sueño de los miembros de su familia. No podía evitarlo. Decidió darse un respiro y evitar la casa de donde procedían todas sus angustias. Ahora que era insomne, el Diamond podía permanecer abierto sin interrupción.

Preparó un dosier para convencer a Adam de la necesidad de no cerrar por la noche. Hizo su primera presentación en PowerPoint con el ordenador de la tienda. Era una obra maestra en rosa y azul degradé. Incluía estadísticas de ventas por franjas horarias y perfiles de potenciales clientes nocturnos. Imre presentó muy seriamente a su jefe los casos penosos de parejas que se dan cuenta *durante* el acto de que les faltan accesorios y que en su frenesí pagarían a precio de oro un paquete de preservativos cualquiera o un tubo de lubricante. Situaciones en que era posible doblar, triplicar los márgenes, pero era necesario tener abierto hasta muy tarde para poder aprovecharlas. Y él, Imre, estaba dispuesto a hacerlo por la misma remuneración que en horario diurno si era necesario. La presentación en PowerPoint terminaba con una explosión y la palabra *fin*. Imre sabía que aquello era exageradamente aparatoso para un proyecto profesional, pero no había podido evitarlo. Las posibilidades del ordenador le fascinaban.

Adam Karoly aceptó la idea a modo de prueba y resultó rentable. A la gente le costaba menos entrar en un sex-shop a las doce de la noche que a la hora de comer, se sentía menos fuera de lugar. Pero no consintió que Imre se ocupara todo el tiempo de la tienda, contrató a otro vendedor para la segunda mitad de la noche, un chico muy pálido con un latinajo tatuado en el hombro. A Imre no le gustaba mucho. La primera vez que el otro entró en la tienda, había comentado al ver la silueta de cartón: ¿y esta golfa quién es?; no le gustaba nada en absoluto. A Imre le sacaba de quicio que Anastazie tuviera que soportar a semejante imbécil a partir de las dos de la madrugada. Se iba de la tienda a regañadientes, mirando atrás. Después de unas quince horas sumergido en la luz rosa, la vuelta al mundo exterior siempre le resultaba rara, desagradable. Las calles estaban detenidas en un silencio irreal, como si hubiera llegado el fin del mundo. Las farolas tenían poca potencia, sólo iluminaban los charcos amarillos que tenían al pie, y el resto del decorado quedaba sumido en sombras parduzcas. Los árboles crujían a ambos lados de la calle Ötpacsirta. Imre necesitaba todo el trayecto hasta su casa para reponerse.

La primera vez que, al llegar por la noche, encontró a Ági fuera, le hizo feliz que hubiera salido de la cama. Estaba fumando uno de los cigarrillos de su padre, envuelta en un gran chal amarillo. Luego Imre reparó en Pál, en su sitio habitual contra la pared, fumando también. Padre e hija exhalaban grises volutas en la oscuridad, en silencio. Se oía su respiración acompasada y el canto de los grillos.

—¿Qué tal?—preguntó Imre.

No obtuvo respuesta. Pál y Ági no querían entrar en el mundo de los hablantes. Preferían su silencio.

Aquello se convirtió enseguida en una costumbre. Imre llegaba por las vías de noche, a la hora en que ya no pasaba ningún tren, cuando se podía andar por allí sin temor. Y, cuando estaba ya cerca de la casa, veía los puntos rojos de los dos cigarrillos en el jardín triangular.

Ági y Pál se fumaban una cajetilla entera cada noche, antes de reunir fuerzas para irse a la cama. Miraban al vacío, hacia la oscuridad, sin decirse jamás qué veían. Al principio de la noche, a veces, tenían que inclinarse cuando pasaba un último tren y algún objeto volante atravesaba la oscuridad en su dirección, pero aparte de estos ligeros movimientos, permanecían inmóviles. En ocasiones, la voz del abuelo les llegaba a través de las paredes de madera, pidiéndoles que entraran a ocuparse de él, preguntándoles qué estaban haciendo, llenándolos de insultos. Con los años, el mal carácter del abuelo llegaba a ser problemático. No soportaba a nadie.

—Porque ya nadie me soporta a mí—refunfuñaba, cuando Imre le reprochaba sus accesos de cólera—. Todo el mundo odia a los viejos.

La alegría que le había dado a Imre ver a Ági salir de la casa se disipó enseguida. Su hermana nunca iba más allá del jardín, nunca decía casi nada. También él intentó convencerla de que buscara un trabajo. Deseaba que entrara en contacto con otras personas que pudieran reconducirla poco a poco a una vida normal. Trataba de quitarse de encima la excesiva responsabilidad de ser el único que se ocupaba de Ági y eso le hacía sentirse culpable. Pero también se acordaba de las ambiciones de su hermana, la precipitación con que había escapado de la casa y de la familia y no podía aceptar que, como el abuelo, echara raíces entre las vías, sin esperar nada, sin otra referencia que el paso de los trenes.

—Es un desperdicio—decía él—, deberías hacer algo con todos tus estudios.

Ági no contestaba. Todo en su actitud indicaba que era incapaz de trabajar. Estaba bien así. Envuelta en el silencio. Envuelta en sus vestidos.

—Por favor—suplicaba Imre—, hazlo por mí.

Cuando trataba de convencer a su hermana, recuperaba su tono de niño.

Al cabo de algunos meses, Ági se decidió a aceptar un empleo en una central de llamadas telefónicas de una empresa francesa con sede en Budapest. Había conseguido que la dejaran trabajar en una mecedora sin ver a nadie. Sus auriculares la aislaban del mundo exterior, de los ruidos de sus compañeros que en los boxes de al lado se dedicaban a lo mismo que ella. Podía hablar en francés a lo largo de toda la jornada.

Le habían dado un nuevo nombre, Julie, y debía de hacer creer que era de París. Todas las mañanas le dejaban a la entrada de la oficina unos cuantos periódicos franceses y un parte meteorológico con los que supuestamente se haría con las informaciones y anécdotas necesarias para hacer creíble la mentira.

—*Bonjour, je m'appelle Julie. Beau temps à Paris, n'est-ce pas? Avez-vous entendu parler de nos offres d'abonnement?*

Ági trabajaba bien. Sus jefes estaban contentos con ella. No podían saber que la pasión con que multiplicaba las llamadas procedía de su esperanza de reconocer alguna vez la voz de Étienne. Ági había intentado dar con él muchas veces. Había consultado los programas de la Sorbona pero jamás había podido encontrar el nombre del profesor Causse. Había deducido que o bien Étienne le había dado un nombre falso o bien nunca había enseñado en aquella universidad. Un embustero y un vanidoso. Era doloroso darse cuenta de que durante seis años había estado viviendo con alguien que no existía. Avanzaba a ciegas, llamaba a cada uno de los nombres que figuraban en su lista diaria con la misma esperanza. Pero los hombres que contestaban al teléfono no eran nunca Étienne. A Ági le bastaban unos segundos para estar segura. Aquélla no era su voz, la voz que hablaba del socialismo, de la Bretaña y de los poemas de Aragon. Pero cuando contestaba una mujer, Ági no tenía ningún medio para saber si se trataba de su esposa. ¿Habría podido sentirse atraído Étienne por aquella voz? Soltaba su letanía de ofertas y promociones de un modo hipnótico para impedir que su interlocutora colgara e, incluso, para incitarla a hablar. Habría querido que cada una de sus clientas le contara su vida sin obviar nada.

Cuando la persona a la que había llamado aceptaba el abono, tenía que dar algunos datos suyos y de su familia. Ági no perdía la esperanza de que al contestar aquel cuestionario alguien dejara escapar algún indicio concluyente sobre su antiguo amor. Había tal urgencia en su voz que a los clientes les resultaba imposible interrumpirla. Sus primas de fin de mes eran siempre las más altas.

Cuando dormía, las preguntas en francés se mezclaban con el chirriar de dientes. Imre la oía murmurar: *Bonjour, je m'appelle Julie. Connaissez-vous notre nouvelle formule à cinquante francs par mois?* Imre no estaba seguro de que fuera bueno para Ági pasarse los días hablando en la lengua del profesor. Aquel trabajo impedía que cicatrizara la herida. Pero había sido él quien la había animado a trabajar. No era cuestión ahora de desdecirse.

A Imre seguían planteándole un problema los días en que el Diamond cerraba. Tenía que pasar veinticuatro horas seguidas en la casa de las vías y para él era un calvario. Se inventaba multitud de ocupaciones fuera, se iba por la mañana y volvía por la noche. A veces pasaba el tiempo sentado en un banco sin hacer nada. Le gustaba ver a completos desconocidos.

En sus paseos pensaba en los habitantes de la casa y se decía que ninguno comprendía a los demás. El abuelo era demasiado colérico, Pál demasiado triste, él mismo demasiado frustrado y Ági vivía la mitad del tiempo en París, con el nombre de Julie, aunque sin moverse del rincón en que trabajaba, y no compartía con nadie su existencia.

En aquellas condiciones, la vida en común carecía de armonía. Cada encuentro de dos moradores se saldaba con una penosa incomprensión y un consumo cada vez mayor de cigarrillos. Imre también había empezado a fumar hacía poco. Los tres fumaban marcas de cigarrillos distintas, con colores reconocibles. Era como elegir fichas al principio de un juego de mesa. Imre había optado por el rojo de Pall Mall, su hermana tenía el verde de los Sopianae Menthol, su padre el dorado de los Benson. El jardín triangular no era grande, pero cuando fumaban juntos fuera, se hacían la ilusión de tener mucho más espacio, de ser libres para irse.

Imre pasaba muchas horas caminando por la isla Margarita. Le gustaban aquellos momentos de soledad, el espacio abierto, las caras anónimas de los paseantes. Eran los primeros días de junio de 1993. Los árboles esparcían polen y abundantes esporas que espesaban el aire. Con cada ráfaga de aire se desprendían flores blancas y algodonosas. Llenaban las cunetas y las hendiduras del camino. El sol apretaba.

Una tarde, tras haber dado dos veces la vuelta a la isla sin tener en los bolsillos suficiente dinero para comprar un rollito de canela, Imre se detuvo a la sombra de un árbol, en una de las inmensas praderas. La isla no estaba tan animada como los domingos, cuando se llenaba de niños, de pelotas, de bicicletas, de vendedores ambulantes y de jugadores de bádminton. Sacó su cajetilla de cigarrillos y encendió uno.

A los pocos minutos de haberse echado en la hierba se fijó en una chica que estaba en el otro extremo del césped. Era rubia. Tomaba el sol echada sobre un pareo, y llevaba la parte de arriba de un bikini, unos vaqueros cortos y unas gafas de sol enormes. La parte inferior de su cara parecía minúscula en comparación.

Imre la estuvo observando mucho tiempo con el rabillo del ojo. Le hubiera gustado llamar a Zsolt. Estaba seguro de que, tras todos aquellos años de espera, por fin estaba viendo a una californiana. Su excitación era tan grande que sentía pánico. El mundo se había hecho pequeño finalmente, se acababa de reducir a la medida de los sueños de adolescencia. Y Zsolt no estaba allí para compartir aquel momento, se perdía a aquella chica rubia en el césped de una isla húngara.

Cada media hora, ella se daba la vuelta para exponer al sol la otra parte de su cuerpo. Cuando reparó en la mirada insistente de Imre, dibujó una sonrisa discreta y deslizó levemente por su nariz las enormes gafas de sol. A Imre le pareció que tenía los ojos de color turquesa como las fotografías del Pacífico. Quizá hacía surf. Era delgada y fibrosa. Quizá les decía a sus amigas: Coge la tabla, vámonos a la playa.

Él no podía apartar los ojos de los flecos del short en los muslos redondos y morenos de la chica. Le hubiera gustado verla ponerse unos patines e ir a zigzaguear por los caminos de la isla.

Necesitó evocar todos sus años de fantasías solitarias, verse en el Diamond rodeado de chicas desnudas e imaginar el desprecio que Zsolt le habría manifestado si no hacía nada para encontrar el valor de levantarse y avanzar. El césped parecía regido por las mismas leyes físicas absurdas que el campo de fútbol de *Campeones: Oliver y Benji*: se alargaba sorprendentemente a medida que Imre reducía la distancia entre ambos. La californiana lo miraba sonriente y el trayecto le parecía interminable. Notaba encima del labio unas gotas de sudor que dibujaban en su cara un bigote brillante. Sabía de antemano que cuando intentara saludarla con un gesto viril y desenvuelto tendría las manos sudorosas.

Finalmente consiguió atravesar la inmensidad de la pradera. La chica lo miraba entornando los ojos. Al principio pensó que estaría molesta por el olor de su sudor y pensó en salir corriendo. Pero su gesto se debía tan sólo a que el sol la deslumbraba.

—*Hello*—dijo él con voz ronca.

—*Hello*—contestó amablemente la californiana.

—*What's up?*—preguntó Imre.

Su aprendizaje en el Diamond y la llegada masiva de películas y series estadounidenses al mercado húngaro le habían permitido adquirir algunas nociones de inglés. Había comprado una televisión en color para la casa de las vías. Veía *Dallas*, *Los vigilantes de la playa* y *El coche fantástico* y repetía en voz alta los exóticos nombres de los protagonistas: Mitch, Sue, Bobby. Entraba en la casa un poco de Estados Unidos: las hombreras, las ondas de pelo ahuecadas y lacadas y el ruido de las sortijas doradas contra los vasos de whisky.

Él se había rebautizado Imy, pues estaba seguro de que ningún estadounidense podría pronunciar bien la *r* de su nombre. Lo había mandado grabar en su chapa de identificación del Diamond. Cuando entraban turistas en la tienda, Imre sabía que la vista de aquel nombre sencillo y eficaz les tranquilizaba.

Alargó la mano a la californiana, medio echada aún en la hierba.

—*I'm Imy.*

—Kerstin—contestó ella—, Kerstin Weinhamer.

Dudó por un instante, tratando de aferrarse a su sueño. Pero ella añadió: *From Köln.* E Imre tuvo que rendirse a la evidencia, por desagradable que fuera: la chica era alemana.

«SOMEWHERE OVER THE IRON CURTAIN»

Imre dejó su trabajo en el Diamond Sex Shop a finales del verano de 1993. A Adam Karoly le costó aceptar su dimisión. Tenía pensado proponerle que se convirtiera en su socio al cabo de unos meses. Apreciaba el trabajo del joven, su compañía, sus ideas. Karoly estaba convencido de que Imre estaba hecho para aquel negocio: tenía una comprensión intuitiva. Juntos podían ampliar el negocio, pero no sólo eso: juntos inventarían el sex-shop del futuro. Eran el porvenir de la sexualidad. ¿No era bastante todo aquello para Imre? ¿Se creía demasiado bueno para el Diamond Sex Shop?

A Imre le hubiera gustado hacerle comprender que no era una traición, pero no daba con las palabras adecuadas. Su discurso era torpe, en realidad no tenía nada que decir. Lo sentía de veras. El Diamond había sido su refugio durante todos aquellos años, la tienda había sido lo que le había ayudado a aceptar el caos de las vías. Pero no podía explicarle a Adam por qué se iba. La razón era demasiado personal y demasiado sentimental. No era una de esas razones que se pueda alegar sin sentirse incómodo, sobre todo delante de un expositor de revistas porno.

El propietario le escuchaba mientras colocaba nuevos productos en un escaparate con ademanes nerviosos. Ponía cara de indiferencia ante la marcha de su empleado, pero las manos le temblaban y los accesorios que estaba colocando se negaban a quedarse en su sitio. Después de haber visto cómo rodaban por el suelo las bolas chinas por tercera vez, Imre se ofreció a ayudarle.

—¡No!

El grito de Adam los sobresaltó a los dos. Se hizo un pequeño silencio.

—Coge tu último mes de la caja y vete—dijo finalmente el propietario, recogiendo las bolas.

Imre dejó la tienda sin pronunciar una palabra más. Se sentía dividido. Le entristecía perder el refugio del Diamond, no volver a ver el aire tiernamente pasmado de Anastazie en la efigie de cartón—no había tenido tiempo de despedirse, esperaba que ella lo comprendiera—, no volver a oír el ruido del cierre metálico al principio de la jornada. Pero estaba también orgulloso de dejar el sex-shop por una mujer de verdad, por un cuerpo que realmente había poseído. Sentía que de golpe se convertía en un hombre, al dejar atrás los fantasmas de papel cuché y reunir el valor de enfrentarse a un ser vivo. Tenía a Kerstin. Y Kerstin valía mucho más que el Diamond y que todas las estudiantes checas.

¿Qué podía haberle explicado a Adam Karoly? Para que comprendiera el ascendiente que Kerstin tenía sobre él habría tenido que contarle demasiadas cosas. Tendría que haberle contado la primera vez que habían hecho el amor. Él estaba a pocos pasos de ella en la habitación de su hotel y los dos estaban desnudos. Y cuando Imre se atrevió a acercarse, habría tenido que contarle a Karoly cuánto le sorprendió que tuviera la piel cálida, viva, áspera en los codos, morena en las rodillas. No era de papel. Posaba su mano en otro ser humano. Y porque era una persona, Imre había tenido súbitamente miedo, había sido presa de temblores. La imagen de Ági le había cruzado la mente y se había puesto a farfullar en su torpe inglés:

—No quiero. Voy a romperte. Voy a romperte.

Kerstin era delgada, sin caderas, con los delicados huesos de un pájaro.

—Voy a romperte, voy a romperte.

Ella se había limitado a reírse. Tenía veintitrés años y estaba convencida de ser invencible, irrompible. Lo había atraído hacia sí riéndose. Habían hecho el amor. No se parecía en nada a lo que Imre había imaginado. Y desde entonces él la idolatraba.

Al mirarla se daba cuenta de que antes de ella no había sabido qué era el amor. Claro está que en distintas ocasiones había estado convencido de que estaba enamorado. Por algunas chicas se habría enfrentado a dragones, a cuerpo limpio si hubiera hecho falta. Las amigas de universidad de Ági sobre todo le habían inspirado pasiones tan violentas como breves. Pensaba en ellas antes de dormirse, murmuraba sus nombres, se las imaginaba confusamente desnudas y vestidas de novia ante un altar. La mujer de los baños había poblado igualmente sus pensamientos durante meses. Había soñado que volvía a encontrarla, que la tenía finalmente entre sus brazos. Pero aquello no era amor.

No estaba seguro de que su cuerpo estuviera a la altura de aquel nuevo sentimiento, y eso le pesaba. Cuando Kerstin le sonreía, le parecía que sus costillas estallaban. Era como el cochero del cuento de Grimm que ciñe su corazón con llantas de hierro para impedir que vuele en pedazos. A falta de una armadura más eficaz, apretaba los brazos contra su pecho tratando de contener la agitación interior. Tenía miedo de explotar o de vomitar. Cuando estaban en la calle, la risa de Kerstin le impedía avanzar. Era como un vértigo, como una subida de fiebre. Ella creyó que padecía ataques de asma. Aminoraba el paso para que él pudiera alcanzarla, le tendía amablemente la mano.

Pasaba todo el tiempo con ella, que quería seguirlo a todas partes, hacer exactamente las mismas cosas que él. Tenía sed de la verdadera vida, según ella.

Decía que en Alemania no sabían vivir, que habían olvidado el gusto por las cosas. Le parecía que sus padres eran sosos, aburridos. Los dos trabajaban en una empresa de aparatos electrodomésticos desde hacía treinta años. Según Kerstin, su principal preocupación en la vida era comprar carteras suficientemente grandes como para meter billetes sin que se les arrugaran. Es el orden, ¿sabes? Siempre se reía de las cosas que criticaba. Sin malicia alguna, simplemente parecía que lo encontraba todo absurdo.

Estaba estudiando para ser profesora. Pero la idea de tener que asumir una posición de autoridad la inquietaba. No sabía si se presentaría al examen para obtener el título. Quería trabajar en el *desarrollo personal*, no en la educación.

—Pero no sé cómo se hace eso, no tengo método.

Y volvía a reírse. Había dejado los estudios mientras daba con una respuesta. Un nuevo sistema educativo que no abrumara a nadie. No dedicaba al asunto el tiempo suficiente. No le gustaba pararse a pensar. Cuando le llegaba una idea, su investigación daba un paso hacia delante, pero entre un avance y otro había mucho silencio y estancamiento.

Creía que sólo los países recién salidos del comunismo poseían la energía y la esperanza que ella buscaba. Ésa era la razón de su presencia en la isla Margarita el día en que Imre la había conocido. Desde la caída del Telón de Acero, Kerstin y su hermana pasaban las vacaciones en alguna de las antiguas democracias populares. Viajaban frenéticamente con miedo a que el entusiasmo decayera antes de que hubieran podido visitar todos aquellos países. Querían mezclarse con los habitantes de los distintos lugares, compartir su alegría, los cambios de sus modos de vida. Pero aquel año Monika—la hermana de Kerstin—había sufrido una mala caída de caballo y ella había tenido que viajar sola.

La soledad hacía a Kerstin menos intrépida. No se atrevía tanto, temía la reacción de la gente. La aparición de Imre la había salvado justo cuando se disponía a pasar unas tímidas vacaciones, protegida por sus gafas de sol. Se había arrojado a sus brazos, feliz de tener una historia que contarle a Monika a su vuelta.

—Cuéntame—le preguntó—: ¿cómo eran las cosas bajo el comunismo?

—No podíamos comprar plátanos—le contestó Imre.

Los había descubierto en 1990 y se había dado cuenta de que adoraba aquella fruta. Podía pasar días enteros sin alimentarse de otra cosa. El hecho de haber perdido más de quince años de su vida en la ignorancia de la existencia de los plátanos le había trastornado seriamente. Estaba convencido de que su vida habría sido muy distinta si el comunismo no hubiera convertido su infancia en un largo desierto carente de frutas exóticas.

—Plátanos—repitió Kerstin.

Ponía cara de estar un poco decepcionada.

Le hizo muchas otras preguntas. Quería detalles verdaderos, cosas que no aparecían en las guías. A veces ella misma se contestaba a sus preguntas refiriéndose a los países que ya había visitado. Quería conocer las semejanzas y las diferencias. La suma de pequeñas historias que había acumulado en sus viajes era impresionante. Las contaba como si cada una de ellas le hubiera pasado a ella personalmente. E Imre pensaba que efectivamente había ido en busca de aquellos testimonios de un modo muy personal. Probablemente, por miedo a perderse algo de la verdadera vida, había tenido muchas relaciones amorosas, debía de haber llegado hasta el sexo en cada ocasión, debía de haber hincado el diente en la carne local para averiguar si sabía distinta. Este conocimiento íntimo de las personas que mencionaba hacía más interesantes sus historias. Imre tenía celos. Sabía, sin embargo, que esta sed de conocimiento había constituido también su oportunidad: él era la experiencia húngara.

Imre, por su parte, no estudiaba a Kerstin. No se atrevía a examinarla muy de cerca. Tenía miedo a descubrir que no era real. Tenía miedo de hacer evidente lo absurdo de su presencia y hacer que se fuera, o que desapareciera en una nube de humo. Era una Melusina de la que no quería saber nada. Tampoco hacía preguntas sobre Alemania, ni sobre el pasado de Kerstin, porque aquélla era una vida en la que él no existía y quería que la muchacha la olvidara. Encontraba su sitio en el silencio, en el vacío, sin tener que luchar contra los fantasmas de un país rico, de una familia ideal o de antiguos amantes.

A veces, de noche, él la miraba dormir junto a él y sentía súbitamente la necesidad de tocarla, de hundir su dedo entre las costillas para asegurarse de que efectivamente estaba allí. Resistía siempre la tentación. Tenía demasiado miedo a que su mano no encontrara nada.

Cuando llegó el final del verano de 1993, Kerstin decidió no volver. Sentía que su relación con Imre era la ocasión de mostrar valor, de adoptar una nueva vida. Le escribió a Monika:

> Me he dado cuenta de que conocer a gente para abandonarla luego es como no haberla conocido nunca. Tengo la impresión de que no he visto nada en los últimos años que no haya quedado emborronado por el hecho de que, de todos modos, tú y yo nos iríamos, de que volveríamos a Alemania. Ahora es real.

Sin admitirlo, a Kerstin le satisfacía aún mucho más lo *real* de su situación por el hecho de que Monika no tenía acceso a ella. Era una hazaña personal que la diferenciaba de su hermana.

Aceptó la casa de las vías sin hacerle ascos, por el placer de poder describirla en sus cartas. A Imre le dio vergüenza enseñársela, decía que se iría cuando su familia estuviera mejor. Ella le contestó: no, no lo hagas, y acariciaba con sus dedos, emocionada, el nombre grabado encima de la puerta. El pasado estaba allí con tanta intensidad. En Colonia siempre había vivido en una casa nueva.

—No se puede sentir nada en una casa recién construida—le decía a Imre.

Había avenidas de cemento y las casas eran todas del mismo color. Para Kerstin el enlucido de las fachadas y el cemento eran las plagas de las sociedades modernas, una barrera para mantener apartados a los demás, para que nadie pudiera conocerse. Era como si las casas idénticas proclamaran que a sus moradores no les interesaba nadie ni nada. Las tablas de madera de la casa Mándy, bajo sus numerosas capas de pintura, le gustaban mucho.

Cuando sus padres la presionaban para que volviera, al menos el tiempo necesario para terminar sus estudios, Kerstin les contestaba que no le veía ningún sentido. ¿Por qué tenía que ir a enseñar a los niños de Colonia que tenían de todo, que lo sabían todo? Más valdría que desaprendieran—decía—, que escaparan a la rigidez del sistema; entonces estarían más cerca de los demás. No quiero contribuir a encerrar a esos niños en unas existencias de *prêt-à-porter*.

—¿Tú me entiendes?—le decía a Imre cuando estaban los dos en la cama, tumbados el uno junto al otro—. En Alemania siempre tenía miedo de que mi vida fuera pequeña. Muy pequeña. Hay vidas minúsculas, no nos damos cuenta. No es cuestión de tiempo, se podrían vivir ochenta años y eso no cambiaría nada. Hay vidas que son inmensas, que han abarcado todas las dimensiones del mundo. Hay vidas secas y lineales, como pajitas de cóctel, mordisqueadas una y otra vez. Tenía tanto miedo de eso… ¿A ti no te da miedo eso?

Imre la miraba sonriendo, mientras pasaba el índice por su cara, a lo largo de las cejas rubias y finas, por su pelo despeinado. Él era un especialista en vidas muy pequeñas. De las que uno se encuentra en una casa como la de las vías. Se limitaba a encogerse de hombros, en su cara flotaba una felicidad dispersa e idiota. Las convicciones de Kerstin le impresionaban, ella dejaba caer sus palabras como si fueran cartas de una baza ganadora. Él no se atrevía a hablar de la dimensión de sus dudas, de cómo había perdido la partida de sus sueños en 1989, porque la vida que debía salir inmensa a su encuentro se había quedado del tamaño de las antiguas fronteras, de los Telones de Acero y de los billetes de banco. Sus palabras no tenían suficiente consistencia. Se perdían antes de pronunciarlas, se quedaban atascadas ante las murallas de sus dientes.

El traslado de Kerstin a la casa de las vías revolucionó a todos sus moradores, rompió la lógica familiar que parecía haberse fundado en que antes de que llegara una nueva persona tenía que morir alguien.

En el primer piso no había más que dos habitaciones, la de los padres y la de los niños. El abuelo dormía en el salón para no tener que subir las escaleras. Hubo que reorganizar las camas: Pál dejó la habitación matrimonial a la joven pareja y se instaló con Ági. Era demasiado alto para la cama de niño. Le sobresalían los pies y el borde del bastidor le molestaba en los tobillos. En su borrachera de amor, Imre no se daba cuenta de que Kerstin sólo encontraba sitio en la casa a costa de una penosa incomodidad para los miembros de la familia. No veía nada. Era feliz. Ella no quería volver a Alemania. Lo prefería a él, lo prefería a toda su vida anterior. Se instalaron los dos en la habitación de sus padres. Aquello era hacerse mayor de golpe, convertirse en el cabeza de familia.

Para estar a la altura de su nuevo estatuto, Imre se puso a trabajar en un establecimiento de fotocopias e imprenta. Tras la caída del régimen de Kádár, todo el mundo sentía la necesidad de producir y reproducir textos. La libertad de expresión era un patio de recreo ruidoso y animado. Los clientes llevaban documentos que habían guardado en secreto durante décadas y que ahora querían exponer al mundo. Fotocopiaban las pruebas de lo absurdo de la administración comunista, en otro tiempo terroríficas pero que ahora se intercambiaban como estupendas bromas. El runrún de las máquinas que Imre manejaba era el reflejo de la cacofonía de todo un país que expresaba sus opiniones a tontas y a locas. Trataba de no juzgar a los clientes, no le correspondía a él decidir qué era digno o no de ser dicho. Reproducía una tras otra en silencio páginas y páginas de informaciones inútiles. Echaba de menos su trabajo en el Diamond Sex Shop, pero no se atrevía a hablar de ello. Hubiera herido a Kerstin.

Ella no habría podido aprobar una industria basada en el tráfico de mujeres. Ésas fueron sus palabras exactas. Consideraba a Adam un proxeneta. Le había demostrado a Imre que había sido víctima de aquel hombre y de su comercio; había abusado de su debilidad económica, le había dicho. En el fondo se sentía amenazada por las mujeres desnudas alrededor de Imre, por la belleza de sus cuerpos rosados en las cintas de vídeo. Jamás lo habría admitido. Ella hablaba de principios y de dignidad.

Imre se había alineado con su modo de ver las cosas: ella le recordaba sus propias dudas cuando regresó Ági, volvía a evocarle su miedo a estar en el bando de los agresores de su hermana. Pero mientras amontonaba las fotocopias tibias en las bandejas de las máquinas, se sorprendía a menudo pensando en el Diamond con nostalgia. Curiosamente se había sentido allí más útil a la sociedad que en medio de las fotocopiadoras que escupían panfletos para los más de cien nuevos partidos.

Kerstin aprendía húngaro con intención de encontrar algún empleo. En el trabajo tendría que emplear la lengua del país. Se levantaba cuando Imre salía de casa y cada mañana leía dos capítulos del método Assimil. Al principio sus progresos fueron fulgurantes. Saludaba a todo el mundo en húngaro: *Jó napot, mi ujság?* El abuelo, Pál e Imre contestaban con una sonrisa didáctica: *Jó napot, semmi különös*. Pero pasadas las primeras lecciones, la gramática húngara empezó a plantearle problemas. No conseguía construir las frases al revés para seguir la lógica de la lengua aglutinante. Imre se había revelado más dotado para el alemán, y cuando Kerstin se forzaba a empezar una conversación en húngaro, acababan por cambiar rápidamente de lengua, incapaces de soportar las lagunas y la lentitud de la frase. El abuelo odiaba aquellas conversaciones que no podía entender.

—¡Estoy en mi casa!—gritaba en medio de la comida—, estoy en mi casa y tengo derecho a saber qué se dice.

Kerstin le propuso enseñarle algunas palabras de alemán para que no se sintiera tan perdido.

—Antes reviento—contestó el abuelo.

Aunque se hubiera decidido por el origen ruso de Pál, seguía teniendo a los alemanes como medio responsables de la violación de Sara. Y ninguna excusa oficial le habría hecho cambiar de opinión.

El anciano y Kerstin tenían una relación complicada. A menudo se quedaban solos en la casa durante el día. Ella estudiaba la lengua con él ahora que pensaba que el método Assimil era confuso y aburrido. Tenían conversaciones entrecortadas, acompasadas por las búsquedas en el diccionario.

«Parece un leño—le escribía a Monika—, apenas puede andar. Imre dice que tiene mal carácter, pero yo estoy convencida de que no es más que fachada». Y añadía: «Pretende ser germanófobo pero yo creo que me quiere».

Efectivamente el abuelo no tenía nada personal contra Kerstin. Le gustaban su sonrisa, su juventud, la energía que había traído a la casa.

—Por lo menos ella es normal—solía decir.

Ági pasaba canturreando, fingiendo no darse por aludida. Pero por encantadora que fuera Kerstin, el abuelo no encontraba ninguna razón para que se quedara en Hungría. Varias veces al día le repetía que debía irse. Allí no se le había perdido nada.

El abuelo había cambiado después del 89. Él, que había afirmado tantas veces la existencia del «genio húngaro» cuando Imre era niño, hablaba ahora de Hungría como de un país malogrado.

El primer gobierno que siguió a la caída del régimen había supuesto una cruel decepción. Como muchos húngaros, había creído que la caída del comunismo significaría la libertad, la abundancia y la alegría. Durante cincuenta años había abrigado la esperanza de que el cambio traería la justicia, es decir, el abuelo había esperado la condena en un tribunal militar de todos los soldados del ejército ruso y la indemnización de sus víctimas. En un primer momento, había oído que distribuirían bonos para la compra de tierras a los campesinos cuyos intereses habían sido menoscabados. Pensó que el procedimiento se extendería a todos aquellos a los que el comunismo había saqueado sin miramientos. Pero cuando se presentó a las autoridades para reclamar cupones en nombre de los sufrimientos de su familia y en reconocimiento de sus desvelos—él había educado con dignidad a un niño ruso que para colmo seguía viviendo en su casa—, dejaron su demanda sin respuesta. Aunque él había aportado fotografías de Pál que demostraban todo el exotismo de sus pómulos.

El abuelo conoció así su primera decepción patriótica grave. Siempre había pensado que lo que había impedido a Hungría convertirse en el país edénico que él soñaba habían sido las sucesivas invasiones. Sin los turcos, sin los austríacos, sin los alemanes, sin los rusos, el genio nacional florecería, pensaba. Los fracasos del gobierno Antall lo hundieron en una amargura nociva. Tenía úlceras continuamente.

A Kerstin le gustaba discutir de política con el abuelo. Le parecía auténtico, apreciaba en él la sabiduría que sólo los viejos llegan a tener.

—En mi país se esconde a las personas de edad—decía, pensando en las residencias para mayores a las que habían sido enviados sucesivamente sus cuatro abuelos—. Papeles pintados con flores de lavanda en las paredes, baldosas color pastel en los lavabos y por fuera el enlucido del mismo color.

Oían la radio juntos y ella le pedía que repitiera más despacio, que le comentara los discursos políticos. Quería comprender cómo funcionaba el país, cuáles eran las esperanzas y las reivindicaciones de los húngaros.

Los escándalos que habían agitado al gobierno Antall al principio de su mandato la sacaban de quicio. Desde su condición de alemana no podía comprender que un país que había conocido un régimen nazi, tras sus primeras elecciones libres, volviera a plantear temas como la conspiración judía internacional o a lanzar un debate sobre el sentido de la magiaridad. Cuando Kerstin se acaloraba demasiado para su gusto, el abuelo se limitaba a oponerle un hosco silencio. Sólo una vez tuvo un arrebato de cólera. Kerstin comentaba el antisemitismo del gobierno y afirmaba con desprecio que el país no se había desnazificado adecuadamente después de la Segunda Guerra Mundial: ahora había fermentado todo. Tendrían que haber sido juzgados hacía cincuenta años. Eso los habría escarmentado.

—¡El país no se desnazificó porque los nazis no eran húngaros!—aulló el abuelo de repente, asustando a Kerstin—. ¡Eran alemanes!

—Vosotros colaborasteis—dijo Kerstin, con un gruñido, dibujando en el aire el antiguo emblema del Partido de la Cruz Flechada.

No se atrevía a pronunciar el nombre del partido por miedo a que el viejo se pusiera a aullar otra vez. Le dolían los oídos.

—¿Qué sabrás tú?—dijo el abuelo, escupiendo al hablar—. ¿Acaso estabas allí para verlo? No, tú no viste nada. ¡Tú no viste nada de nada!

—No hace falta ver para saber—contestó Kerstin.

El abuelo se puso de un color rojo violáceo.

—¡No tienes ningún derecho—aulló—, ningún derecho a darme lecciones a mí sobre la guerra! ¡Tonta del culo, pretenciosa!

El insulto hirió profundamente a Kerstin. No estaba acostumbrada a que la contradijeran ni a que la injuriasen. Nunca se había relacionado más que con personas de su misma cuerda. En Alemania, con su hermana y sus amigas, se había sumado a los *black blocks* con ocasión de las acciones antinucleares y había participado en el movimiento contra la guerra del Golfo. Siempre se había sentido segura de sí misma, segura de estar en el lado correcto, segura de tener razón. Y ahora un viejo atormentado por sus úlceras se permitía insultarla echando escupitajos y recalcar hasta qué punto su opinión estaba fuera de lugar, equivocada. Y aún le afectaba más lo que decía el viejo porque en el fondo pensaba que él tenía razón. Había algo en la pasividad del país que no podía comprender ni aceptar y que ella juzgaba desde su postura de alemana, como le había escrito a Monika. La vida real se le escapaba.

Imre le explicaba que su indignación era inútil: Hungría no volvería a cambiar de régimen. Aquella democracia, aunque no fuera muy limpia, le bastaba a la gente. Habían esperado tantos años su llegada que ahora no tenían ni el valor ni la tenacidad necesarios para atacarla.

—Pero todo está por hacer—se desesperaba Kerstin—. ¿Por qué contentarse con tan poco?

Imre no tenía respuesta. Ella no lo entendía. No sabía qué era el cansancio. Nunca había tenido que esperar nada. A veces Imre tenía la sensación de ser veinte años mayor que ella.

—Los que no están contentos emigran—decía el abuelo—. Eso es bueno. Es mejor. Antes se ahorcaban. Era la emigración a la húngara.

Y el abuelo se reía. Kerstin no. Ella no comprendía el humor local.

Imre siempre había pensado que la política era otro mundo, que no entraba en las casas, sobre todo en la suya, aquel islote que no interesaba a nadie. Él dejaba que los ministros legislaran en sus despachos, y en justa correspondencia éstos no le impedían que viviera su vida. Era su modo de entender la política. En vano se esforzaba Kerstin en demostrarle que las decisiones del gobierno de un modo u otro afectaban a su existencia, él se limitaba a encogerse de hombros. Era verdad que veía algunas consecuencias: las calles y las plazas a las que los comunistas habían denominado «Libertad» a finales de los cuarenta habían ido cambiando de nombre unas tras otras. Ahora, los santos, los escritores y los matemáticos reaparecían en las placas. En cuanto a lo demás, el Parlamento a orillas del Danubio podría haber estado vacío. Las cosas no habrían sido muy distintas, se decía Imre mientras consumía su cajetilla con su hermana y su padre en el jardín. Había conservado esta costumbre, aunque ya no trabajaba de noche. No se dormía si no había pasado antes una hora fuera fumando en silencio entre los anillos de humo de Ági y los suspiros de Pál.

Cuando Kerstin los veía sentarse en el banco del jardín triangular, poniendo de manifiesto las semejanzas de su tipo desgarbado, sentía un nudo en la garganta. Le hubiera gustado ver a su familia. Sobre todo echaba de menos a Monika. Imre la animaba a que fuera a Alemania, él le pagaría el billete de tren. Pero ella se negaba sistemáticamente. Sin decirlo, tenía miedo de que las comodidades de la casa de Colonia la retuvieran. No sabía si sería capaz de volver a optar por la vida verdadera tras el encuentro con su existencia de antes, con las pistas perfectamente dispuestas para ser seguidas y la vida minúscula que despreciaba pero que resultaba verdaderamente más sencilla. La idea de que podía sacrificar a Imre y Hungría—que ella asociaba siempre inconscientemente—a la molicie de un sofá, a la facilidad de la lengua, al abrazo de sus padres le hacía sentirse horrible y falsa. Se quedaba en Budapest y se castigaba no invitando a nadie.

—Tendrías que decirle a Monika que venga—insistía Imre.

Tenía muchas ganas de conocerla. La idea de que gracias a su caída del caballo había podido conocer a Kerstin en la pradera de la isla Margarita le hacía sentir simpatía por ella, como si le hubiera cedido la plaza.

Imre imaginaba confusamente una segunda Kerstin, montada a mujeriegas sobre un caballo blanco, con una pierna escayolada. Le fascinaban las personas con una pierna rota. Era algo que le atraía desde siempre. Por su abuelo y su pierna rígida. También por el trayecto que tenía que hacer entre las vías para llegar a la casita y que resultaba tan peligroso para los tobillos. Imre había crecido entre distintas cojeras, esguinces, saltitos. Le gustaban como algo familiar. Le parecía que el ruido de los andares de los cojos sonaba mejor al oído. El taconeo retiene la atención. Cuenta una historia. Al crecer, había desarrollado un gusto especial por los andares torpes de las mujeres con zapatos de tacón. Cuando oía el ruido de sus pasos en la calle, se le dibujaba una sonrisa en los labios.

«CABRIOLA Y MORIR COMO UN CABALLO SALVAJE»

Cuando Imre vio a Monika bajar del tren, a contraluz, pensó que era un hombre. Todo en su cuerpo negaba su feminidad, salvo su pelo negro, largo y brillante. Era grande, y la impresión de altura quedaba reforzada por la insólita longitud de su torso. Tenía los hombros casi tan anchos como los de Imre y las caderas estrechas como las de su hermana. Imre se acordó de su accidente de caballo y se preguntó cómo pudo el animal derribar a su amazona. Monika tenía un aspecto de fortaleza suficiente como para dominar un caballo desbocado.

Para compensar su tipo masculino, exhibía una llamativa feminidad en su indumentaria. Llevaba joyas brillantes en el cuello, en las muñecas, en las orejas. El cinturón era dorado. Tenía las uñas pintadas de rojo. Se depilaba las cejas hasta formar un semicírculo por encima de los ojos.

Cuando empezó a hablar, Imre se dio cuenta de que tenía la misma voz que su hermana. Si no la miraba, podía pensar que era Kerstin la que tenía al lado. Pero le bastaba volver la cabeza para ver a una mujer alta de melena negra y que desde cada una de las partes de su cuerpo despedía los reflejos agresivos de un flujo de oropel.

Después de dejar el equipaje de Monika en el hotel, se reunieron con Kerstin en el cruce de Oktogon. Ella no quería que Monika viera la casa, ni de lejos. La llegada de su hermana la ponía nerviosa. De repente Budapest le parecía horrible, todo lo encontraba estúpido, mal organizado. La casa la enfurecía especialmente. Imre pensaba que le daba vergüenza la modestia de su forma de vida. Se equivocaba. Si Kerstin tenía vergüenza, era porque, protegida por mil kilómetros de distancia, se había dejado llevar por su imaginación a descripciones exageradas. Había convertido Budapest en un lugar de aventura, donde cada uno de los pasos que se daban se convertía en un gesto de valentía. Había transformado la ciudad en una jungla donde Monika se habría perdido inmediatamente. Había descrito la casa sin agua ni electricidad, una cabaña apenas. En sus cartas había convertido su decisión de quedarse en un gesto político y de amor sin concesiones.

Ahora, Monika miraba lo que la rodeaba con una leve sonrisa, no se sentía amenazada en absoluto. Vivir allí le parecía sumamente *fácil*. Kerstin no podía soportar la mirada divertida bajo el rímel negro. Quería que su hermana reconociera que se había hecho mayor. Quería resultar impactante. Pero no podía quitarse de encima la sensación de que aquello no iba bien, de que no iba nada bien con su hermana mayor.

Fueron los tres a cenar al Menza, en la plaza Liszt. Imre había elegido el sitio porque le parecía que se adaptaba a los niveles de calidad de los europeos occidentales, pero a Kerstin le sentó mal.

—Es bonito—dijo Monika con cierto gesto de duda cuando vio desde la calle los grandes ventanales, las lámparas brillantes y las mesas de diseño.

—No solemos venir nunca—contestó Kerstin.

Le hubiera gustado decir: lo construyeron ayer, yo no lo conocía. Pero empujó la puerta en silencio, con cara de disgusto.

Los clientes y los camareros del Menza se volvieron al paso de Monika. Se había puesto para la cena unos vaqueros blancos y un top de lamé plateado que se anudaba en el cuello con dos cordoncillos delgados y dejaba al aire su poderosa espalda. Tenía una piel preciosa, suave y dorada, increíblemente lisa. Con aquella ropa llamativa, tenía la majestuosidad inquietante de un travesti. Todo el restaurante la miraba, pero a Monika no parecían molestarle las miradas. Al contrario, trataba de atraerlas hablando en voz muy alta y adoptando posturas provocativas.

Hablar alto no le resultaba especialmente comprometido porque estaba convencida de que nadie a su alrededor comprendía el alemán. A Imre aquello le parecía insultante para sus compatriotas y también para él; llevaba ya tres años con Kerstin y dominaba algo más que los rudimentos de la lengua. Hizo algunos intentos tímidos de intervenir en la conversación con la esperanza de que Monika lo oyera. Pero sus intentos provocaban una crispación nerviosa en Kerstin. No le había contado a su hermana que Imre hablaba alemán, y le había dado a entender en sus cartas que ella sólo se comunicaba en húngaro con sus conocidos. Desazonado con la idea de que iba a seguir molestándola, Imre se encerró en un mutismo profundo.

Monika creía que mantenía con su hermana una conversación secreta que nadie entendía y le habló de los problemas ginecológicos que planteaba la práctica continuada de la equitación. Una de las adolescentes a quien ella enseñaba en el centro acababa de dejar las clases a causa de sangrados repetidos. Imre tenía la vista fija en el bol de su sopa de verduras, en el que flotaban diversos ingredientes. Cada nueva frase le quitaba un poco más el apetito.

Cuando llegó el plato principal, Monika, animada por bastantes copas de vino tinto, le preguntó a Kerstin:

—¿Tienes un amante?

E Imre supo que ya no probaría su ragú de buey.

—¡No!—dijo Kerstin, lanzando a Imre una mirada de consternación.

—¿Y por qué no?—dijo Monika, encogiendo sus anchos hombros—, estamos en los noventa. Tenemos todo el derecho a divertirnos.

Kerstin se había puesto muy colorada. Imre miraba a su alrededor tratando de excusarse con la mirada ante las mesas vecinas, que ahora estaban disfrutando del relato de la vida sexual de Monika, ejemplo del espíritu de los noventa y de un hedonismo de preservativo. Kerstin movía la cabeza y apretaba convulsivamente su copa de vino. Las sortijas le tintineaban en el pie de la copa. Llevaba muchas. Imre no había reparado antes en este detalle. Era otro aspecto común de Kerstin y Monika, e Imre no estaba muy seguro de que le gustaran las sortijas.

Le llamó la atención una mesa de hombres solos de la planta baja del restaurante. Eran cinco, fumaban cigarrillos sin parar y bebían vino tinto. El que se sentaba en el extremo de la mesa llevaba un elegante traje negro y la camisa arrugada. Se había quitado los zapatos y tenía las piernas estiradas. Los camareros tenían que sortearlo. No parecía que se diera cuenta. Levantó la mirada hacia el piso en que estaba Imre y éste súbitamente se dio cuenta de que el hombre era Zsolt.

Imre sabía qué había sido de su amigo de la infancia. Todo el país lo sabía. Desde hacía dos años Zsolt era una gloria nacional en el mundo de la literatura. Escribía poesía. En un país en el que se veneraba la lengua—emblema de una identidad nacional difícilmente definible por otras vías—, ser poeta era todavía una circunstancia admirada y reconocida. Los lectores idolatraban a Zsolt.

La conversación hípica de Monika le había recordado a Imre un verso de Zsolt que se citaba mucho: «Cabriola y morir como un caballo salvaje». Decían que representaba el espíritu de la nación húngara. Admiraban la libertad poética que se permitía con aquella licencia sintáctica. Lo aprendían los niños en las escuelas de primaria y dibujaban caballos para ilustrarlo. Luego, en el instituto, estudiaban los sentidos ocultos del poema: la lectura poética, la lectura erótica... El verso podía significarlo todo.

Imre sostuvo durante algunos segundos la mirada ausente de Zsolt, que no lo reconocía, luego los ojos claros de su amigo recuperaron su nitidez de un azul incisivo y una lenta sonrisa se dibujó en su rostro. También Imre sonrió, se acordaba de las muchas ocasiones en que había visto a Zsolt adoptar aquellas maneras ostentosas de aburrimiento, aquella misma displicencia. A una señal de su amigo dejó la mesa excusándose casi imperceptiblemente con las mujeres. No quería que interrumpieran su conversación para retenerlo.

Cuando bajaba por las escaleras, moderó el paso, como si de repente le inquietara la idea de reunirse con aquel grupo. Bastaba un vistazo para colegir que los hombres con que bebía Zsolt eran universitarios o escritores. No eran compañía para él. Seguro que, en aquella mesa, esos hombres se reían con bromas que el común de los mortales no podía entender. Intercambiarían nombres de filósofos como si se tratara de viejos amigos. Mencionarían títulos de libros con abreviaturas incomprensibles. A Imre le inspiraban el mismo temor que en su infancia le había inspirado que las amigas de universidad de Ági lo tomaran por un bebé. Pero tenía que salvar la muralla de su erudición y de su desprecio para encontrarse con su amigo.

Contuvo la respiración y dijo buenas noches como el que se tira de cabeza al agua fría.

Zsolt le estrechó la mano sin perder el hilo de la conversación general. Los demás le dirigieron una mirada educada. Estaban hablando precisamente del famoso verso del caballo salvaje. Un crítico acababa de publicar un artículo en el que acusaba a Zsolt de haber plagiado un poema medieval húngaro ya olvidado. Citaba una estrofa como prueba:

> Allí está la llanura sin fin, bajo los cascos del caballo,
> que ignoran qué es el hierro,
> veinte veces ha sido abierto su pardo costado,
> y, sin temblar ante la muerte, se cocea las heridas.

Según él, el verso de Zsolt evocaba imágenes habituales en la poesía oral antigua, caracterizada por la tradición hípica de Hungría. La desaparición de las familias de *csikós* —los cuidadores de caballos— juntamente con la falta de honradez del joven poeta habían bastado para que el verso se planteara como una creación extraña y original.

Los de la mesa bebían grandes tragos de vino y se escandalizaban con tamaña mezquindad. Coincidían en que era otro poeta, envidioso del éxito del último libro de Zsolt, quien había influido en el crítico para que publicara el artículo de marras. Seguramente también él había escrito el poema medieval apócrifo que el crítico citaba con autoridad pero que nadie había leído antes. Todos farfullaban que no dirían el nombre, pero intercambiaban miradas y guiños que probaban que todos sabían quién era el escritor indigno.

Salvo Imre, naturalmente, Imre no entendía nada de la conversación. Trataba de reír en el momento oportuno. El refinamiento de aquellos hombres era delicioso comparado con las obscenidades de Monika.

Sin embargo, hubiera preferido que Zsolt le dijera algo. A Imre le extrañaba que no le preguntara por las novedades. Pero Zsolt parecía no tener oídos nada más que para los hombres de chaqueta negra que se esforzaban en parecerse a él.

—Lo que les jode—decía uno de ellos—es que Zsolti—y, al utilizar el diminutivo, dirigió una mirada inquieta al poeta para ver si podía permitirse aquella familiaridad—, es que Zsolti viene de un medio modesto. Y ahora que el comunismo se ha terminado, no quieren nada escrito por niños pobres. Ellos siempre han comido bien.

Imre se acordó de las historias de los pequeños comunistas muertos de frío que le habían obsesionado en su infancia. No creía que lo que escribía Zsolt tuviera nada que ver con aquellos libros. Pero tampoco podría asegurarlo: no había leído nada de la poesía de Zsolt. Había comprado su primer libro con entusiasmo. Incluso se había preguntado vagamente si no estaría también él allí dentro. Poema a mi amigo Imre. Se reía de placer al coger el libro que le tendía la librera metido en una bolsa amarilla. Imaginaba por adelantado. Pero cuando sacó el volumen para emprender su lectura, su sentimiento de euforia desapareció enseguida. La fotografía de la contratapa lo desconcertó. Zsolt tenía el aspecto duro y severo de un instructor militar. Parecía advertirle a Imre desde la imagen que no entendería nada de lo que leyera. No tenía el nivel. ¿Qué se había creído? No se lee poesía contemporánea cuando se vive en la casa de las vías.

Inténtalo, si no me crees—parecía decirle la cabeza de Zsolt en el dorso del libro—. Ábrelo, anda, lee una frase. Veremos si tengo razón o no, mierdecilla.

Imre no había aguantado el reto de la mirada impresa en el papel estucado brillante. Por entonces él y Zsolt ya no se escribían. Las cartas se habían ido espaciando y luego habían desaparecido, los recuerdos amenazaban con hacer lo mismo. La fotografía de la contraportada era la de un hombre que Imre no había conocido, un hombre sin infancia, invulnerable. Había dejado el libro en un estante.

—¿Cómo está tu hermana?—preguntó Zsolt de pronto.

Apenas había vuelto la cabeza. Parecía seguir pendiente de la conversación general de la mesa, pero ahora se dirigía a Imre.

—¿Cómo está Ági?—repitió, por si no había quedado claro.

—Bien—dijo Imre—, está bien.

Era una respuesta estúpida. Evidentemente Ági no estaba bien. Pero la pregunta le había sorprendido. Le ofendía que Zsolt preguntara por Ági antes que por él. No le parecía justo. Ella no había hecho ningún recorrido, ningún aprendizaje con ellos.

—Bien—dijo Zsolt.

—No tan bien—corrigió Imre.

Zsolt encendió otro cigarrillo. Uno de los hombres se levantó para ir a pedir más bebida.

—¿Sigue traduciendo?—lanzó Zsolt juntamente con el humo del cigarrillo.

—No—contestó Imre—, trabaja para una compañía de telecomunicaciones.

Zsolt aspiró una nueva bocanada y levantó las cejas.

—¡Qué lástima!—dijo—. Yo podría haberle dado trabajo.

Finalmente se volvió hacia Imre. Lo miró con curiosidad.

—Todavía tienes cara de bebé—dijo—. ¿Cuántos años tienes ahora?

—Pronto cumpliré veinticuatro—contestó Imre.

Notó que se ponía serio, fruncía un poco las cejas, se mordía por dentro las mejillas para parecer mayor. El hombre que había ido a buscar más vino volvió a la mesa con las copas. Manchó el mantel al dejarlas. Había vino tinto por todas partes.

—¡Por Zsolt!—brindó tras haber repartido todas las copas.

Había traído también una para Imre, quien la levantó complacido y se unió al brindis.

Había olvidado la razón de su presencia en el Menza cuando llegó Monika por detrás y le tocó en el hombro. Preguntó en inglés por qué bebían todos.

Zsolt y su corte levantaron la mirada sorprendidos ante su cuerpo grande apenas tapado con el lamé, sus uñas pintadas y su piel perfecta. Imre quiso hacer las presentaciones pero Monika se adelantó a hacerlo ella sola, alargando una mano firme a cada uno de los hombres sentados y repitiendo su nombre. Monika Monika Monika Monika Monika. A cada repetición del nombre, Imre la encontraba más vulgar y más falsa. Temía que los de la mesa la tomaran por una prostituta.

Zsolt la invitó a que se sentara con ellos. Le tendió su copa y ella la olió con desprecio para rechazarla a continuación.

—¡Todavía con vino!—suspiró—. No me digáis que no se os ocurre nada mejor que hacer.

Zsolt puso cara de estar molesto. Por mimetismo, los otros cuatro también.

—Vamos a beber a otra parte—decidió Monika—. Éste es un sitio para niños de papá.

Su tono no admitía respuesta a pesar de la inmensidad de su sonrisa. Imre se fijó en que sus dientes brillaban con la luz casi tanto como la plata de su camiseta.

—Pero...—intentó protestar Zsolt.

Monika movía ya la silla del hombre que tenía más cerca, sin dejar de repetir:

—*Let's go, just let's go.*

Todos parecían un poco sorprendidos. Nadie se atrevió

a oponerse a aquella mujer alta y deslumbrante que se había puesto de pie ante ellos. Uno por uno, los hombres se levantaron y salieron del restaurante.

Afuera se había hecho de noche y hacía frío. Kerstin los alcanzó en la puerta.

—¿Vienes con nosotros?—preguntó Monika—. Vamos a beber, pero de verdad.

—Yo me voy a casa—dijo secamente Kerstin.

Fulminaba a Imre con la mirada como si hubiera hecho algo mal, como si el giro que daba la noche se debiera a él.

—Voy contigo—dijo Imre.

—Por supuesto que no—le contradijo Monika—. Tú te quedas conmigo para que no me pierda.

Kerstin miraba hacia abajo. Estaba al borde de una crisis nerviosa. Dijo entre dientes:

—Tiene razón, Imre. No puedes dejarla sola.

Y se fue sin despedirse de nadie. La noche había sido insoportable. Monika había acaparado toda la atención, Monika se arrogaba el derecho a decidir qué era *verdadero* y qué no lo era y probablemente pensaba que Kerstin era una mentirosa que vivía en Budapest exactamente igual a como habría podido hacerlo en Colonia. Tampoco le había preguntado absolutamente nada sobre su vida ni había mostrado el menor deseo de conocer un poco más a Imre. No había hecho más que hablar de sí misma.

Kerstin se echó a llorar en cuanto estuvo lo suficientemente lejos del grupo como para que nadie lo notara.

Imre la vio desaparecer en la oscuridad. Quizá debería haber corrido tras ella. Partía siempre del principio de que Kerstin sabía lo que hacía mejor que él, mejor que todo el mundo. Nunca insistía, creía todo lo que le decía. Pero aquella noche tenía aspecto de fragilidad; parecía que la presencia de Monika la hubiera hecho más pequeña. Aún dudó un instante si correr tras ella, y luego ya fue demasiado tarde. No tenía ningún sentido irse.

—¿Qué te apetece hacer?—preguntó Zsolt cortésmente, una vez que se rehízo un poco.

Los hombres de chaqueta negra que iban con él parecían estupefactos. Monika los impresionaba. Se había levantado viento durante la cena y ahora estaban en la calle sin haber tenido tiempo de ponerse los abrigos; tiritaban.

—Beber—dijo Monika, a quien no parecía afectar el frío.

—Eso también lo podríamos haber hecho aquí—contestó Zsolt mirando con pena hacia el interior del Menza.

—Beber en serio—dijo Monika—. ¿Sois hombres o no?

Hubo un momento de vacilación. Luego contestaron que sí lo eran.

—Entonces, llevadme a algún sitio donde se beba de verdad.

Los hombres de chaqueta negra no conocían ningún sitio así. Durante su adolescencia, Zsolt e Imre habían cogido alguna cogorza en bares, pero los sitios de su juventud habían cerrado masivamente con la caída del régimen comunista. Una vez más los recuerdos asaltaron a Imre, una serie de imágenes de bares llevados por ancianas que se negaban a servirles alcohol y los esfuerzos de Zsolt para engatusarlas, el parque Erzsébet a orillas del río, donde él se había dormido en un parterre mientras que Zsolt pretendía haber visto la salida del sol sin cerrar los ojos ni una vez.

—¿En la calle Király, detrás de la iglesia?—propuso alguien.

Imre era partidario de llevar a Monika a cualquier *söröző* de barrio donde hubiera una máquina tragaperras destellando en un rincón y algunos viejos parroquianos que beberían con ella. A Zsolt le parecía que había que ir a algún sitio más agradable para una chica.

No ganó la propuesta de ninguno de los dos, pues cuando se metieron en el paso subterráneo del gran bulevar, Monika descubrió un bar minúsculo. Más exactamente una puerta blanca con un letrero encima y una jarra pintada. Ella se encaprichó con el sitio.

—Es una caja de zapatos—dijo Zsolt.

—¿Son así de gilipollas todos los poetas?—preguntó Monika en voz muy alta al resto de la concurrencia.

Nadie contestó. Imre, Zsolt y los hombres de chaqueta negra apenas cabían en el minúsculo bar del metro. Había un cliente al fondo de la sala que fumaba Sopianaes de un humo espeso y oscuro. El camarero estaba sentado con él a una mesita de aluminio. Se levantó con cara de fastidio para ir a la barra. Monika pidió una botella de Unicum.

—Esto sí es alcohol.

En aquel tipo de afirmaciones, Imre reconocía a Kerstin. Se preguntaba qué movía a los alemanes a aquella búsqueda de la *verdadera* vida, el *verdadero* alcohol, las historias *verdaderas*. ¿Acaso haber vivido siempre en Occidente les hacía pensar que el otro lado del Telón de Acero, creado por los comunistas, había estado preservado—como en hielo o en ámbar—de la podredumbre de las civilizaciones? En cualquier caso, tanto Kerstin como Monika parecían haber desarrollado un gusto especial por los sitios que los húngaros despreciaban y evitaban por todo cuanto trataban de olvidar. A ellas les gustaba hurgar en la basura.

En un ángulo del minúsculo *söröző*, una televisión cuadrada emitía una serie con tanques y chicas vestidas con hojas de plátano.

—Dime: ¿cómo te va?—le preguntó Zsolt a Imre apoyándose en la barra.

—Me va bien—le contestó Imre, adoptando la misma posición a su lado.

Lamentaba no tener respuestas más interesantes, ahora que Zsolt le dedicaba un poco más de atención.

—Murió mi madre—dijo bruscamente.

Le parecía que era la información más interesante de aquellos años.

—Lo siento—dijo Zsolt.

—Hace ya mucho tiempo—añadió Imre—, cuando te fuiste a Debrecen. Pensé en decírtelo cuando volvieras. Nunca lo hiciste.

La frase sonaba extraordinariamente sentimental. Zsolt puso cara de estar molesto.

—¿Tu padre está bien?

Imre se encogió de hombros. No estaba seguro de poder contestar. Pál no tenía nunca aspecto de estar bien. Estar razonablemente mal era probablemente su manera personal de estar bien.

Separada de ellos por el grupo de admiradores de Zsolt, Monika intentaba atraer su atención para hacerles llegar los vasos de Unicum. No la vieron.

—¿Tu abuelo?

—Sigue vivo.

—Menudo carcamal.

Imre se echó a reír. A Zsolt nunca le había gustado el viejo. La muerte del sargento general Janos, que había perdido la cabeza bajo el zapato del abuelo, había sido un motivo duradero de discordia.

Monika agitaba los brazos en su dirección con más energía. En la radio del bar sonaba una canción de Akos demasiado fuerte para que la oyeran.

—¿Y tu padre?—preguntó Imre.

—Se ha convertido en un viejo gilipollas—espetó Zsolt—, lo que no tiene nada de extraño, en realidad.

Se dejaban llevar por sus recuerdos con la mirada perdida a lo lejos. Ni siquiera veían la barra pringosa en que habían apoyado los codos. Ante sus ojos se abría un mismo camino que llegaba hasta su infancia, a la casa, a las orillas del Danubio.

Imre tuvo, por primera vez, la impresión de ser viejo y estar cansado. Le hubiera gustado decirle a Zsolt que lo había echado de menos. Pero aquello podía sonar demasiado brusco, excesivo.

—¿Por qué no me hacéis caso?—aulló de repente Monika junto a su oído.

Al final se había decidido a acercarse a ellos con un vaso en cada mano. Tanto Zsolt como Imre se sobresaltaron.

—¿Por qué no me prestáis la menor atención?

Dejó los vasos delante de ellos en la barra, y como no se lo agradecieron y la miraron sin entender muy bien qué pasaba, se acabó enfadando:

—¡O sea, estáis con una mujer y no le dedicáis ni un instante! ¿Porque no os gusto, eh? ¿Porque preferís estar solos? ¿Sois maricones o qué?

Imre se limitó a hundir la cabeza entre los hombros a la espera de que se callara, pero a Zsolt le sentó mal que lo atacaran de aquel modo en público y le pidió secamente a Monika que no siguiera con aquellas vulgaridades. En una Hungría mayoritariamente homófoba, incluso un intelectual de izquierdas como Zsolt consideraba que ser tratado de «maricón» era un insulto irreparable. Se había puesto pálido repentinamente.

—Seré todo lo vulgar que me dé la gana—contestó Monika imperturbable.

—Déjalo ya—insistió Zsolt, que se esforzaba, mal que bien, en seguir siendo educado.

Se le estaban dilatando las aletas de la nariz y poco a poco se estaba poniendo rojo. Su aparente calma se resquebrajaba. Pero Monika no parecía darse cuenta. Siguió en sus trece:

—Y más vale ser vulgar que maricón.

Imre acentuó aún más su posición de tortuga. No tenía ganas de presenciar la escena. Monika se había plantado delante de ellos, con una mirada furibunda y muy segura de sí misma; Zsolt empezó a gritar:

—¡Yo me acuesto con mujeres! ¡Yo me acuesto con mujeres!

Por toda respuesta, Monika se puso a gritar la frase de Zsolt en una burda imitación. El hecho de que tuviera la misma voz de Kerstin sacaba de sus casillas a Imre a aquellas alturas de la noche.

—¡Yo me acuesto con mujeres, yo me acuesto con mujeres!—se desgañitaba Monika—, ¿qué prueba gritar eso? ¡Eso no quiere decir nada!

Zsolt seguía protestando como podía. Pese a la pobreza de su inglés, variaba de vocabulario, buscaba sinónimos para describir su actividad sexual. Pero Monika se limitaba a repetir cada una de sus frases y aquella actitud parecía volver completamente loco a Zsolt. Ahora gritaban tanto que apagaban la canción de Akos. Todo el mundo en aquel bar lamentable los miraba. Los admiradores de Zsolt, estupefactos, no sabían qué pensar del comportamiento pueril de su ídolo. En la pantalla de televisión, a la que ahora nadie prestaba atención, las chicas vestidas con hojas tomaban al asalto los tanques con ayuda de unas lianas cubiertas de flores. Las hojas de plátano que cubrían sus partes íntimas se mantenían impecablemente en su sitio incluso en el fragor del combate.

—¡Yo me acuesto con montones de mujeres!—aullaba Zsolt.

—¿Y dónde están?—preguntaba Monika, divertida, barriendo con la mirada el bar en que no había más que hombres—. ¿Es su noche libre?

—Están en todas partes—contestó Zsolt—, basta con salir para encontrarlas. Basta con ir a su casa y llamar.

La idea debió de parecerle buena, pues de pronto rio abiertamente.

—Eso es—repitió—, vamos a su casa.

Monika se echó a reír. Le gustaba la situación, le gustaba la disputa con Zsolt y haber conseguido provocar una discusión que sólo giraba en torno al sexo. Imre le puso la mano en el hombro a su amigo esperando tranquilizarlo. El contacto sobresaltó a Zsolt, que se volvió. Durante unos segundos, pareció que no reconocía a Imre, luego su sonrisa se agrandó.

—Mejor todavía—dijo triunfalmente—; vamos a tu casa.

—¿Por qué a mi casa?—preguntó Imre.

—¿Por qué a su casa?—preguntó Monika, a la que no le gustaba ver cómo se le escapaba la conversación.

Zsolt se animaba. Con el pelo revuelto y las mejillas todavía coloradas por la cólera, tenía todo el aspecto de un chico caprichoso.

—Vamos a preguntárselo a Ági—dijo.

—¿Cómo?—preguntó Imre.

—Me he acostado con su hermana—le explicó Zsolt a Monika.

Recogió su abrigo de la barra, dispuesto a ir en el acto a la casa de las vías, donde podría recabar el testimonio de Ágnes. Monika le miraba perpleja.

Imre no entendía nada, dejó de oír, sentía un sabor a carbón en la boca. Cerró los puños hasta sentir que las uñas se le clavaban en la palma. Siempre había sabido que Zsolt se merecía más golpes de los que había recibido la noche de la pelea de gatos. Tenía ganas de pegarle duro.

—Tú vienes con nosotros, ¿no?—le preguntó Zsolt volviéndose hacia él.

Imre le asestó el mejor gancho que jamás había lanzado. Ni siquiera Lázsló Papp habría podido propinar un golpe parecido. Zsolt estuvo a punto de caer al suelo, pero el bar estaba demasiado lleno como para encontrar el espacio suficiente. Cayó sobre Monika, que lo recogió sin tambalearse.

—¡Mierda!—exclamó Imre.

Se había roto el dedo.

EL AMOR LIBRE

—No pasa nada—dijo Ági con delicadeza.

—Estoy enamorado de ti.

—No pasa nada.

Zsolt estaba en el umbral de la puerta. Tenía aspecto de sentirse muy desgraciado. Dirigía una mirada ardiente a Ági y ésta no sabía cómo reaccionar.

—Voy a hacer té—dijo, dirigiéndose a la pequeña cocina.

Zsolt se quedó todavía unos segundos en la entrada, inmóvil. Luego, cuando Ági estaba encendiendo el gas con el chasquido de una cerilla, se adelantó hasta ella con resolución y la abrazó. Era un poco más bajo que ella y aplastó la cara contra su espalda. Podía notar, a través de la blusa, muy fina, el corchete del sostén contra su mejilla. Habría podido morderlo, desabrocharlo con los dientes.

Ági empezó a reírse. Estate quieto. Sabía que tenía que dar muestras de mayor firmeza, pero el chico le hacía cosquillas con su barba incipiente. Además era inofensivo. Tenía casi la misma edad que Imre. Era un chiquillo.

—Estate quieto, Zsolt.

Ella reía más fuerte. Pero él no la dejaba. La apretaba más con sus brazos, que le oprimían el vientre, justo por debajo de los senos.

—Estoy enamorado de ti.

La apretaba tan fuerte que le costaba conservar el equilibrio. Se quemó la mano con la llama de la cocina al colocar el hervidor y renegó:

—*Anyád!* Te he dicho que te estés quieto.

Zsolt la soltó lentamente, violentado, incómodo.

—¿Te has quemado?

Ella se volvió a mirarlo. Tenía la cara cuadrada, tensa, la boca crispada por la preocupación le hacía parecer mayor. Su pelo y sus cejas eran de color castaño oscuro, pero los ojos azules y muy claros destacaban en su rostro con una intensidad poco común. Abría mucho los ojos primero, para guiñar los párpados después, incapaz de aguantar aquella fuerza que quería transmitir, aquel amor que le secaba la retina.

—¿Te has quemado?

Ági pensó que si respondía que sí, él pondría su mano en la llama del hornillo para castigarse, para estar en igualdad con ella. No se podía bromear con un adolescente enamorado. Sus sentimientos toman formas absurdas. Su mundo es especialmente convulso.

—Estoy bien—dijo ella.

La actitud de Zsolt cambió imperceptiblemente. Su cara se distendió, volvió a ser infantil. Repitió una vez más:

—Estoy enamorado de ti.

Pero ya no era la afirmación agresiva del principio. Era más bien una excusa.

—¿Cuántos años tienes?—preguntó Ági.

—Diecisiete—respondió, engañándola sólo en unos pocos meses.

Así que no era tan joven, un hombrecito ya. Le temblaban las manos cuando cogió la taza de té que ella le ofreció, pero por los nervios, no de miedo. No tenía aspecto de tener miedo a nada.

—Hace mucho que no te veía—dijo ella.

—No he necesitado maquillaje.

Ági se echó a reír. Se acordaba de la tarde en que los chicos, llenos de cardenales y arañazos, habían descubierto la existencia de Étienne. Aquella noche se había dado cuenta de que Zsolt hacía todo lo posible por gustarle. Pero no entendía por qué venía dos años más tarde con aquellas declaraciones atropelladas en los labios. No podía saber que Zsolt llevaba en el fondo del bolsillo de su chaqueta unas bragas estampadas con unos lirios de hojas tan largas como alas de pájaro. Las había encontrado en un cajón una tarde que había estado en casa de Imre y se las había quedado. La posesión de aquel objeto le había revelado brutalmente su amor por Ági y le había hecho llegar al convencimiento de que ya tenía la edad suficiente para conquistarla. Sin dejar de apretar aquel amuleto florido en su puño, había ido al apartamento de la muchacha esforzándose en no pensar en nada para no dar ocasión a las dudas. Y ahora la tenía delante.

—Étienne...—empezó a decir Ági para explicar que su corazón le pertenecía a alguien.

Pero se detuvo porque no era verdad lo que iba a decir. Pensar en Étienne la ponía triste. Estaba convencida de que se acostaba con Dora, la rubita que trabajaba en la secretaría de la universidad. Ági no la podía ver, la encontraba vulgar. Seguro que llevaba ropa interior de color rosa. Masticaba barritas de regaliz sin parar. Nunca habría imaginado que pudiera gustarle a Étienne. Pero estaba segura de que era su perfume el que traía él cuando venía a su casa. Un olor a flores y vainilla, tan empalagoso que daba asco. La idea de compartir un hombre con semejante idiota le parecía humillante, degradante. Podría haber compartido a Étienne con una condesa o con Elsa Triolet, por qué no. Pero nunca con ella, nunca con la rubita.

Todo el mundo quería a Étienne, porque era profesor, porque era extranjero, porque era joven, e incluso Ági llegaba a entender lo difícil que debía de resultarle rechazar todas las ofertas que querían hacerle sucumbir. Ella no podía hacer nada. No podía pretender ser ella sola centenares de mujeres, ofrecerle toda la diversidad, toda la riqueza de las demás. Era tan poca cosa, se daba cuenta. Aceptaba sus infidelidades en silencio, aquello le dolía pero era razonable. Ági quería ser razonable porque creía que era lo que habría hecho una francesa. En el mundo del amor libre había que fiarse de la teoría y no de lo que le pedían las tripas.

Pero delante de ella la mirada de Zsolt le decía otra cosa, le decía lo contrario: que el amor es violento y no tiene inteligencia. Que el amor quiere poseer por entero.

—¿Cuántos años tienes ya?—volvió a preguntarle a Zsolt.

Apenas lo miraba, tenía como una niebla delante de los ojos. Por encima de la taza de té, que seguía temblequeando, Zsolt dibujó una gran sonrisa. Conocía aquel estado de abandono. Las chicas que llevaba al parque las noches de verano caían en aquel estado tras algunos besos. Era la fase en que ya no importa nada; dentro de la cabeza ya no hay más que vaho.

—Te querré siempre—dijo Zsolt.

Era lo suficientemente lúcido como para saber que aquello era mentira. Pero no quería pensar en ello. Sabía simplemente que era lo que había que decir. Tampoco Ági se lo creía. Pero ella apreciaba que lo hubiera dicho. Ahora se daba cuenta, al oír a un adolescente impaciente jurar cosas imposibles, de que ser razonable resultaba agotador. La sinceridad, los acuerdos no tienen nada que ver con el amor. Las mentiras sí. Las promesas. Étienne sólo hablaba de ellos en presente, no decía «nosotros», no decía «querida *mía*» porque, según él, el deseo de posesión arruinaba las parejas. No entendía que de vez en cuando ella necesitara otras palabras. El lenguaje que utilizaba limitaba su universo. Cuando Zsolt pronunció la palabra *siempre*, el mundo pareció ensancharse otra vez, volver a su dimensión inicial. Y aquello bastó, Ági no necesitaba otras razones.

La siguió a la habitación sin decir nada. Ella iba delante y él observó su nuca minuciosamente, fijándose en los pelillos castaños que se rizaban. Trató de no pensar en nada excitante. Pensó en el número de peldaños que había entre la calle y la puerta, pensó en los cuadros de horarios de los trenes. Pero cuando se echaron en la cama de través, él encima, no pudo contenerse más de un minuto o dos. Se echó a llorar.

—No importa—dijo Ági.

—Te amo—dijo Zsolt—, ha sido por eso.

No volvieron a verse. En el camino de vuelta, Zsolt se sentía idiota. Había imaginado que aquél sería un momento inolvidable. Habría querido hacer gemir de placer a Ági. Ahora carecía de importancia. Desde el momento en que lo había visto ponerse en ridículo ya no la quería.

Ninguno le contó nada a Imre. No tenía por qué saberlo.

LA PERFECCIÓN

La única noche que Monika había pasado en Budapest había bastado para desencadenar una guerra. Kerstin no conseguía hacerse a la idea de que Imre hubiera arrastrado a su hermana a un bar de dudosa reputación donde se había organizado un altercado.

—¿Es que no tienes dignidad?—le preguntaba.

Imre se encogía de hombros y se miraba la férula que llevaba en el dedo. Le echaba la culpa a Zsolt. Los secretos de su hermana y de su mejor amigo le parecían una traición que justificaba su puñetazo. Cuando intentaba explicarle a Kerstin su punto de vista, a ella le parecía pueril, le contestaba gritando que le importaba un pimiento quién había empezado.

Monika, ya en Colonia, juraba por teléfono que se había divertido mucho. Kerstin pensaba que su hermana intentaba disculpar a Imre, lo que la enojaba todavía más.

La guerra entre ellos duró unos buenos seis meses. Fuera de la casa de las vías, también se desencadenaba la violencia. El país de las siete fronteras había revelado su perfecta naturaleza de foco mercantil y el tráfico se había puesto en marcha, caóticamente. Se hablaba de menudencias como el control de un local de *peep show*, pero también de estafas internacionales que implicaban la desaparición de los archivos de la Stasi. Había una mafia del petróleo, una mafia de las inmobiliarias, una mafia de las armas, una mafia del sexo. Entre los nuevos amos del dinero hubo algunos que reprochaban a otros haber tenido la misma idea, haber elegido el mismo campo de inversión, y su malestar se hizo notoriamente visible a mediados de los noventa. En algunos clubes nocturnos controlados por distintos jefes del hampa hubo varias explosiones devastadoras. Inopinadamente aparecieron una o dos granadas debajo de algunos coches y en algunos restaurantes. La policía no encontraba nada. La dotaban de coches y *walkie-talkies* flamantes pero seguían sin encontrar nada. Cuando los agentes pese a todo daban con alguna pista, se suicidaban enseguida. Imre tenía miedo, sobre todo por Kerstin. Pensaba que tales incidentes acabaría por hartarla de Hungría. Alguna vez le habló de la posibilidad de trasladarse, de irse a vivir a Alemania. Pero aquellos acontecimientos, más que alterarla, afianzaban su voluntad de quedarse. Por fin se encontraba con la aventura que le había contado en sus cartas a Monika, aquello era el peligro, aquello era lo Otro. Su entusiasmo renació, más apasionado todavía.

Iba a hacer fotografías de los edificios incendiados, tocaba con sus dedos las paredes ennegrecidas para sentir el calor del fuego. Se pasaba horas al teléfono con su hermana y sus amigas contándoles sus merodeos como si fuera una corresponsal de guerra. Le enviaba a Monika artículos de los periódicos torpemente traducidos por ella, recortes de prensa como prueba de que no se inventaba nada. Pero pese a su estado de excitación infantil seguía poniéndole mala cara a Imre.

Él salía solo, preocupado por el mal humor de Kerstin. Desde que la había conocido, no había vuelto a dar paseos sin rumbo. Ya no le producían el mismo placer. Se encontró con Adam Karoly en un bar. El propietario del Diamond había envejecido. Las dos arrugas de los lados de la boca eran tan hondas que parecía que fueran a romper la piel. Le contó a su antiguo empleado que había querido ampliar la tienda, abrir una sala con cabinas y un poco de baile. Había encontrado a una chica que estaba muy bien. Hacía un número con una serpiente que se llamaba *Rocky*. Era una serpiente grande, tenía sangre de anaconda, según decía la bailarina, que era pequeña y delgada. Su número merecía la pena. Pero cuando Karoly quiso comprar el piso de encima de la tienda, la mafia se metió por medio. Tuvo que pagarles una parte de los ingresos, también querían que empleara a dos de sus chicos. Yo quería bailarinas, ironizó con tristeza Karoly. Intentaban enseñarle a él el negocio para ganar dinero más rápidamente.

—No tenían ni idea. Lo estropearon todo. Al final, les dejé a ellos el Diamond. Se había convertido en un supermercado.

—Vaya—dijo Imre con la mirada puesta en el fondo del vaso.

Tenía un nudo en la garganta.

—Las cosas no me van mal—rezongó Adam, encogiéndose de hombros—, está el dinero de la tienda de mi mujer. Voy tirando.

—¿Tu mujer?—preguntó Imre.

No había oído nunca hablar de ella.

—La tienda de bodas—le contestó Adam—, ¿te acuerdas?

—Vaya—volvió a decir Imre.

Adam terminó su vaso de un trago.

—Pensamos que era mejor que la gente no lo supiera. Les habría parecido raro a los clientes, a los suyos, a los míos...

Imre se hacía cargo. Adam se puso la chaqueta y le estrechó la mano.

—He perdido visión para los negocios—dijo antes de irse—, siempre estuve seguro de que mi mujer cerraría antes que yo. Pensaba que la pareja acabaría por desaparecer, ya ves, pero que siempre habría espacio para el sexo y para el Diamond. Creía que sería yo el que financiaría nuestra vejez. Al parecer ya no entiendo el mundo.

Se fue con un paso cansino. A Imre seguían resonándole sus palabras en la cabeza. Las últimas explosiones de la guerra de bandas no le habían afectado lo más mínimo. La muerte del Diamond era un trauma insoportable. Se acercó a merodear varias veces por la calle Üllői, como cuando tenía diecisiete años, pero nunca se atrevió a llegar al sex-shop. Tenía miedo de encontrar la tienda cambiada. Cada vez que pensaba que los mafiosos tenían a Anastazie a su disposición, se le revolvían un poco las tripas. Lamentaba no haberle dicho a Karoly lo importante que había sido el Diamond para él.

En noviembre de 1996 uno de los padrinos de la mafia local, József Prisztás, murió asesinado de un balazo en la sien cuando cruzaba la calle para ir de su apartamento al coche. Naturalmente, nadie había visto nada. En aquellos momentos el asesinato parecía haberse convertido en una causa de muerte natural sin necesidad de criminal alguno. Podía tener lugar en pleno día en un lugar público. Golpeaba incluso a los más poderosos, a los mejor protegidos. Quizá fue esta impunidad total de los criminales—más que cualquier pulsión de orden moral—, añadida al convencimiento de que el poder no impediría morir a nadie, lo que calmó a los miembros de las bandas tras la desaparición de Prisztás. Se dejaron de oír explosiones. Las sirenas de la policía sonaban solas en las calles, absurdas y molestas como la música de los videojuegos.

Kerstin e Imre se reconciliaron y ella se quedó embarazada. Llamaron a la niña Greta, como su abuela alemana. Nació el 4 de abril de 1997. Algunos meses después, Kerstin e Imre se casaron. Era más fácil. Para la niña. Para los papeles. Vinieron de Alemania algunas amigas de Kerstin. Sus padres escribieron una carta. Estaban haciendo un crucero por el Nilo. Con mocasines y riñonera, comentó Kerstin cuando vio la fotografía del río en la postal. Pero ya no tenía la sonrisa de antes, la que decía que todo era absurdo y que a ella le importaba un bledo. Imre reparó en una arruguita entre sus cejas, pero cuando ella volvió la cabeza hacia él, él miró hacia otra parte. Si no se detenía a ver qué iba mal era como si todo fuera bien.

El nacimiento de Greta templó el ambiente en la casa de madera. La niña se convirtió en el centro de todos los cuidados. Imre se privaba de sueño tan sólo para mirarla. La delicadeza y la belleza de su pequeñez le encantaban. Estaba radiante. Cuando oía su voz, tenía la impresión de que su sonido resonaba en todo su cuerpo.

Imre descubría ahora el sexo bajo una nueva luz. A lo largo de su vida había pasado por distintas fases, empezando por un voyeurismo contrito que se convirtió en una sosegada profesionalidad en el Diamond: el sexo no le concernía personalmente, era un *mercado*. Luego, después del aborto de Ági, la culpabilidad había vuelto con virulencia: el sexo era peligroso, doloroso. La aparición de Kerstin, en cambio, le había revelado todas sus dulzuras. Y, ahora, aquel mismo acto que le había obsesionado durante toda su adolescencia, que aparecía en las contraportadas de las películas porno y que había traumatizado el cuerpo de su hermana, producía el nacimiento de Greta. O sea, de la perfección. ¿Cómo era posible?

Cuando veía el aliento del bebé ensanchar sus minúsculos pulmones, los mecanismos del cuerpecito le parecían tan complejos que Imre no comprendía cómo había podido él participar en su concepción. Tenía la impresión de que era el primer hombre que había hecho aquel milagro, la producción de un nuevo ser vivo.

—Lo han hecho todos antes que tú—decía el abuelo, a quien aquella beatitud lo sacaba de quicio.

Pero Imre no le oía. Lo que pudieron haber hecho el viejo o Pál no tenía nada que ver con la pequeña maravilla que dormía allí delante. Lo último que se le ocurriría era atribuir a la biología la perfección de Greta.

—Sólo es una niña más—decía el abuelo.

Él creía que estaban destinadas a ser desgraciadas, a ser maltratadas. Hubiera preferido un nieto. Lo habrían llamado Imre como su padre, como su bisabuelo, y el nombre se habría mantenido durante una generación más. Aquello era importante. Si hubiera suficientes Imre Mándy en el futuro, la falla que suponía Pál en la línea familiar se haría minúscula, invisible. Con los siglos desaparecería por completo. Una ruptura olvidada. A veces hasta el propio Pál tenía prisa por morir para dejar la tierra a los Imre Mándy y hacer olvidar lo absurdo de su nombre. Aquellas tres letras le sonaban siempre dolorosamente, recordándole la falta de cariño del hombre que no había querido que el hijo de un soldado ruso fuera honrado con el nombre centenario.

LAS EMBESTIDAS DE LOS HOMBRES

El 6 de junio de 1997 Imre recibió una invitación de boda. Zsolt se casaba con Rózsa, una actriz que salía mucho en los periódicos desde hacía unos meses. Imre había visto fotografías suyas, era una mujer muy guapa con el pelo rubio y rizado, grandes ojos azules, una cara de porcelana antigua, de Virgen de Rafael, y un cuerpo de *starlette*. Se preguntó si Zsolt se había dado cuenta de que la sonrisa de su novia recordaba mucho a la de Ági. Las dos tenían los mismos dientes de perlas, los mismos hoyuelos. Ági, por su parte, pensó que Rózsa tenía la sonrisa de su hermano pequeño. Era a Imre a quien Zsolt buscaba sin ser consciente de ello. Le pareció que era algo triste y tierno, y dijo:

—Deberías escribirle.

No soportaba que se hubieran peleado por ella a causa de aquella estúpida tarde de 1987. Imre le aseguraba que era algo muy anterior. Que Zsolt había dejado de existir para él desde que se había ido a Debrecen sin dudarlo un instante, desde que había abandonado Budapest y a su amigo de toda la vida por unos desconocidos primos austríacos. Pero para no disgustar a Ági, se instaló en la mesa de la cocina con una hoja de papel. No sabía qué decir. Releyó la invitación, pensativo. Era una húngara. Zsolt se casaba con una húngara. No una californiana. No lo había conseguido.

No era ni siquiera una extranjera. Kerstin estaba más cerca de su sueño de adolescentes que Rózsa. Imre estaba más cerca de que se cumpliera su sueño que Zsolt. Era la primera vez que pasaba. Era algo embriagador. Lo había superado.

—¿Qué pasa?—preguntó Kerstin.

—Te quiero—contestó Imre.

La besó apasionadamente en la frente. Porque ella era su mujer, su trofeo—su América única—. A pesar de Colonia y Alemania, ella sería siempre la América desembarcada un día a la pradera de la isla Margarita. Ella era su Occidente dorado.

Escribió una breve respuesta a Zsolt, con su felicitación y sus deseos de felicidad. En el último momento metió también en el sobre una fotografía de Kerstin, Greta y él. Pese a su resentimiento, quería que Zsolt viera a su hija. Era importante, se dijo mirando la imagen. Kerstin tenía a Greta encima de las rodillas y los primeros mechones de la niña eran del mismo rubio que el pelo de su madre. Detrás de ella se veía a Imre de pie, con la mano puesta en el hombro de Kerstin en un torpe intento de mantener el contacto y una sonrisa vacilante en los labios.

Siempre había estado convencido de que un hijo transforma a una pareja en una familia, de un modo natural, simplemente por haber aparecido. Pero ahora tenía la impresión de que, en su caso, la célula familiar que se había formado sólo incluía a Kerstin y a Greta. Su vínculo era evidente. Eran madre e hija. Imre, ciertamente, era el padre, pero éste no era más que un papel teórico. No tenía asignado ningún puesto físico o biológico en el nuevo núcleo familiar. Se sentía siempre estúpido cuando Kerstin daba de mamar a su hija. No sabía qué hacer con los brazos. Quería ayudar pero no sabía cómo. Alargaba la toalla en el momento inadecuado, hacía demasiadas cosas, su celo turbaba el amamantamiento sosegado y natural.

—Pero ¡déjalas en paz!—le gritaba el abuelo, a quien su torpe trajín lo irritaba.

El comentario detenía unos cuantos segundos a Imre,

que se ruborizaba avergonzado. Luego volvía a las andadas, convencido de que acabaría por encontrar una falla en el sistema organizado entre Kerstin y Greta, un minúsculo espacio en el que ser padre.

Incluso Ági parecía encajar en el mundo de Greta más fácilmente que él. Aquello era frustrante para Imre. Ella se arrojaba sobre la pequeña, la cogía en brazos, la besaba, le hablaba en alemán, en húngaro, en francés, en un discurso incomprensible, luego se echaba a llorar sin dejar de sonreír. La llamaba tesoro, cosita, querida, guapa, joya. Le ofrecía su dedo índice para que lo apretara, y cuando Greta se aferraba con sus dos manitas, Ági era capaz de quedarse horas de pie al lado de la cuna antes de quitárselo.

A Kerstin no le gustaba mucho la relación que Ági estaba creando con su hija.

—No es bueno para Greta—le dijo a Imre.

Pero no podía explicar por qué. Era algo físico. Mirar a Ági le dolía. La visión de aquel cuerpo traumatizado la remitía al suyo propio, al miedo de lo demasiado frágil, a la repugnancia de lo secreto. Eran pensamientos confusos que no podía formular, no tenía palabras para ello en su cabeza, tan sólo un montón de sensaciones penosas.

—Le da un mal ejemplo.

Se aferraba a aquella afirmación. Sabía que Imre no entendía nada. En efecto, él se encogía de hombros, convencido de que aquello eran celos. No quería privar a su hermana de aquella satisfacción. Ági salía de su letargo habitual, tenía una mirada nueva cuando contemplaba a la niña. A juzgar por los rasgos suavizados, redondeados, de su cara, se podría pensar que era ella la que acababa de traer al mundo a la niña. Kerstin no había cambiado, su cuerpo delgado no tenía el aspecto del de una madre. Seguía pareciendo la adolescente californiana que había enamorado a Imre. Cuando tenía a Greta en brazos, era imposible imaginar que la niña hubiera podido salir de su vientre, que el cuerpo de Kerstin hubiera podido contener y crear el de Greta.

Una tarde, Kerstin encontró a Greta y Ági dibujando una ciudad. El dibujo se extendía por una decena de cuartillas, torres de cristal, ríos impetuosos, coches volantes. Y en las calles de la ciudad no había ni un solo hombre. Únicamente mujeres. Kerstin estaba convencida de que Ági era la responsable de aquella ausencia.

—Es nocivo—le dijo a Imre.

Pero él no reaccionó. A decir verdad, el dibujo de Greta y de Ági no le sorprendía. Pensaba que el mundo de la niña—el mundo vital, esencial—era exclusivamente femenino. No veía por qué tendría que haber dibujado hombres. Los hombres de aquella familia no le aportaban nada. No le daban de mamar, no cantaban como Ági, estaban fuera todo el día, volvían cuando ella se acostaba, no se levantaban por la noche a cuidarla. No merecían aparecer en un dibujo. Greta casi no veía a hombres, excepto al abuelo. Pero éste era demasiado viejo como para ser considerado un hombre o una mujer. Sólo tenía cuerpo para alojar los distintos problemas que iban apareciendo: las escaras, los reumatismos, los hongos, los pelos, los trombos. Parecía más una placa de Petri que un cuerpo humano.

Cuando tenía tres años Greta fue descubierta en la calle por un fotógrafo que estaba haciendo la nueva campaña publicitaria de Mammut, el inmenso centro comercial junto a la plaza Moszkva. La cantidad de dinero que ofreció por poner su cara en los carteles era casi indecente. En la casa de las vías pareció aún más grande, impensable.

Kerstin, que iba con la niña, había dicho que sí sin pensarlo, aturdida por la propuesta. Una vez pasada la sorpresa inicial, tenía la impresión de que había vendido a su hija.

—Soy horrible.

Pero Greta estaba tan contenta con la idea de que la fotografiaran que Kerstin no se atrevía a dar marcha atrás.

—Va a pensar que la castigamos.

Imre dudaba. En su mente, las fotografías se relacionaban con el mundo del sexo, el mundo de la luz rosa y los figurines de tamaño natural. No veía cómo la campaña publicitaria podía arrastrar a Greta a una carrera pornográfica pero presentía confusamente que existía el riesgo.

Al final aceptaron que la niña hiciera la publicidad, forzándose a pensar que era porque ella quería y no por el dinero. Ági e Imre la llevaron al estudio, en el último piso de un gran edificio de cristal negro. El fotógrafo y su equipo fumaban cigarrillos en la terraza, llevaban ropa ajustada y gafas muy grandes.

Greta posó delante de un castillo hinchable, en una bicicleta pequeña, en la alfombra de un salón con unos cubos. Se tuvo que poner distintos vestidos en función de las diferentes series de fotografías y, entre las sesiones, una encargada de vestuario se ocupaba de ella. Justo antes de la penúltima toma, el cambio fue demasiado largo para la paciencia del fotógrafo. Molesto con la encargada, pasó al otro lado de la tela del decorado para decirle que le enviara ya a Greta. Ésta estaba desnuda a excepción de un par de zapatos de charol que le habían dado para la primera fotografía y que no se había querido quitar. Cuando lo vio aparecer, se puso a gritar y escondió con un gesto reflejo que no tenía nada de infantil su pecho inexistente y su entrepierna. Ági se precipitó a abrazar a la niña. Muy incómodo, el fotógrafo farfulló una excusa mientras Greta repetía:

—¡Los hombres no pueden vernos desnudas!

Vernos, ¿a quiénes? Ese plural causó una impresión terrible en Imre. Comprendió la inquietud de Kerstin con respecto a la mala influencia de Ági. Aquél no era el comportamiento normal de una niña de tres años. Le asustó que Greta acabara, como su tía, con miedo a todos los hombres, evitando su presencia. A pesar de todo el cariño que le tenía a Ágnes, tenía que reconocer que no era el mejor ejemplo para una niña.

Trató de alejarlas. Pero la casa era tan pequeña que era muy difícil separar a uno de sus moradores de otro. Pese a los esfuerzos de sus padres, Greta conseguía siempre estar con su tía y apretujarse contra ella. Imre no se atrevía a insistir, temía herir a su hermana. Sabía que su situación en la casa no era fácil. El abuelo no se molestaba en ocultar que preferiría que se fuera. Lo incomodaba. No dejaba de sugerirle que se buscara un marido. Aunque estaba un poco loca seguía siendo muy guapa. La mayoría de los hombres se contentarían. Además tendría una bonita casa para ella sola. Aquello sería más práctico.

Ver a Ági con su ropa de gala lo volvía loco. Se ponía furioso.

—¡Búscate un hombre!—bramaba cuando ella atravesaba el cuarto a la caída de la tarde para ir al jardín a fumar su cajetilla.

Ella contestaba con algún fragmento de una canción en francés. El abuelo echaba espuma por la boca y juraba que si hubiera tenido bien las piernas le habría dado una patada en el culo.

Una noche Imre le preguntó a su hermana si no sería mejor para ella buscar a algún hombre bueno e irse. Realmente no podía gustarle la vida que llevaba allí.

—Tengo a Greta—dijo Ági.

Imre tragó saliva pensando cómo aquella respuesta habría disgustado a Kerstin. Prefirió no insistir. Le preguntó:

—¿Cuánto hace que se fue a Francia?

—Casi diez años—contestó Ági.

—¿Y ahora no puedes querer a nadie más?

Ági exhaló unos aros de humo. Se había convertido en una experta. Si quería, también podía hacer corazones. Rara vez quería. Hacía falta que Greta diera pataditas en el suelo para que se decidiera. Encadenó una serie de aros y luego soltó unas palabras entre el humo:

—No quiero que los hombres me toquen. No quiero que me penetren. No quiero saber nunca qué hay dentro de mí. Qué pudo resultar de aquella operación. A lo mejor está completamente cosido. O se ha vuelto de madera. Me gustaría que hubiera pasado eso. Cerrarme como una herida, cicatrizar.

Imre le puso la mano en el hombro en un gesto compasivo. Ella lo rechazó.

—No quiero revivir aquello, no quiero que me toquen los hombres. No lo echo de menos. No quiero que me toquen los hombres. Fue un error intentarlo. No quiero volver a abrirme nunca más, no quiero volver a ser frágil nunca más. No me voy a casar, no me voy a ir, ésta es mi casa.

—Claro—dijo Imre—, naturalmente que sí.

—Que le den al viejo—dijo Ági.

Era la frase más rotunda que había pronunciado en años. Era como si hubiera vuelto la joven de antes. Imre se echó a reír.

—Que le den al viejo—repitió Ági.

—¡Eso!—exclamó Imre con entusiasmo.

Pero no dijeron nada más. Siguieron fumando tranquilamente.

ANTES DEL FIN

Imre cumplió veinticinco años. Kerstin quería hacer una fiesta. Él no. No celebraba su cumpleaños. No tenía ganas.

Su familia conmemoraba multitud de fechas y a ninguno le producían el menor placer. El abuelo celebraba el 2 de mayo con *pálinka*; Ági, el 14 de julio llorando el viaje a París que no había hecho nunca; Pál iba al cementerio el 9 de diciembre a poner flores en la tumba de Ildiko. El 23 de octubre celebraban todos juntos la revolución de 1956: el abuelo se subía el pantalón hasta la pantorrilla y enseñaba un poco la pierna inmóvil, mientras Pál solo en su rincón temblaba recordando al ahorcado del bulevar. Imre no tenía ganas de añadir su cumpleaños a la lista de aquellas lúgubres fechas. Prefería dejar su nacimiento al margen de las tradiciones familiares por precaución; aunque no tenía ninguna tendencia a creer en lo sobrenatural, sospechaba que su familia acababa por traer el mal fario a todo aquello que trataba de querer. Tradicionalmente el poder de echar el mal de ojo se atribuía a las viejas gitanas con una pañoleta colorada, mujeres que solían imaginarse desdentadas y con una ardilla muerta escondida en los refajos. Pero a Imre le parecía que a su nivel, sin los accesorios folclóricos, tanto su padre como su abuelo se desenvolvían muy bien.

Se negó a la fiesta.

Kerstin propuso entonces salir al campo. Quería ver algo distinto a Budapest. Viñas, bosques, las chimeneas de los pueblos.

—Aquí no puedo respirar.

Dejaron a Greta con Ági. No resultó fácil. Imre se quedó dormido en el tren y tuvo una pesadilla: su hermana ahogaba a la pequeña entre las sedas de su vestido.

Fueron a los montes Bakony. Los viejos volcanes erosionados parecían ilustraciones de dibujos animados. Daba la impresión de que de un momento a otro los dinosaurios o algún pájaro exótico fueran a salir por encima de los árboles sombríos. Pero sólo había algunos parapentes.

—A Greta le habría encantado—decían los dos cada vez que a la vuelta del camino aparecía ante sus ojos un nuevo paisaje.

Después de haber repetido varias veces la misma frase, Imre ya no estaba muy seguro de su significado. ¿Quería decir aquello que ni él ni Kerstin eran capaces de apreciar el panorama? No sin cierta angustia pensaba que era muy posible.

No habían estado los dos solos desde hacía muchísimo tiempo, solos y sin nada que hacer. En el silencio del campo, los ruidos que hacían el propio cuerpo y el del otro ocupaban todo el espacio. Les producían un malestar que no conseguían disimular. Quizá haya gente, pensaba Imre, a la que nunca le suenan las tripas. Y trataba de llegar a pertenecer a aquella categoría de seres superiores internándose en el bosque. Quizá Rózsa, la mujer de la cara perfecta, la mujer de Zsolt, era una de ellos.

Llovió mucho. Iban por senderos en los que se habían formado arroyuelos. Con cada ráfaga de viento los árboles descargaban el agua fría retenida entre el follaje.

Fueron desde el valle de Kali al lago Balaton. Una asombrosa extensión de agua. A Kerstin le pareció bonito. A Imre, magnífico.

Se torcieron los tobillos en las piedras negras de Tihany, luego volvieron al interior. Acampaban en los bosques, en las viñas. Imre, que no había salido nunca de Budapest, descubría una naturaleza mucho más salvaje y poblada que la de las islas del Danubio. La profusión de ruidos y de movimientos a su alrededor lo ponía nervioso. No podía hacerse a la idea de compartir su espacio vital con tantas especies diferentes. Sólo le gustaban los coleópteros. Dorados y azules, sus lomos redondeados brillaban en el camino como gemas.

En la noche cerrada, el sonido de todas aquellas formas de vida se hacía insoportable. Estaban los insectos, los pájaros, los roedores, las hojas y las ramas. Imre no podía quedarse en la entrada de la tienda con Kerstin. Se encerraba dentro y se ponía un jersey alrededor de la cabeza para no oír nada.

Kerstin no comprendía su angustia. Por fin tenían espacio, las colinas, los llanos de hierba casi blanca. Después de la casa de las vías, aquello era una bendición para ella. Miraba molesta los gestos desconcertados de Imre cuando algún animalillo zumbaba cerca de sus oídos.

Callejearon en las fiestas de los pueblos, bebieron un vino avinagrado y comieron rebanadas de pan con manteca de cerdo y cebolla colorada.

Aquel viaje al corazón de la Hungría postergada, secreta, era tanto más importante para Kerstin, ya que aquel año, en palabras de Viktor Orbán—prodigio político, el primer ministro más joven del país y combatiente por la libertad, según se creía aún—, Hungría negociaba su entrada en la OTAN y en la Unión Europea. Iba a diluirse en aquellos clubes de ricos, en aquellas sociedades occidentales que en opinión de Kerstin no sabían vivir. Su *verdad* iba a desvanecerse lentamente. Otra placa de hielo destinada a los grisáceos chapoteos del calentamiento. Además, si entraba en la Unión Europea, ella iba a estar más cerca de Alemania. Los turistas visitarían Hungría los fines de semana para sacar una fotografía del Castillo o comer gulash, y dejaría de ser el país de Kerstin.

Por supuesto que si no hubiera querido ver a sus compatriotas invadir su país de adopción, Kerstin habría podido elegir un país más lejano. Pero todo el mundo podía enamorarse del exotismo, de los Andes, de los colores del mercado de Lima, de los muros de la Ciudad Prohibida o de un desierto rojo por el que corrieran canguros. Hungría no se parecía en nada, era un país llano, gris y amarillo. No se entregaba fácilmente al amor, hacía falta paciencia, casi abnegación. Kerstin había elegido un territorio protegido no por la distancia sino por su discreción. Al resto del mundo no le importaba Hungría. Pero ahora, con Europa, hasta aquellas sólidas fronteras de desinterés amenazaban con desaparecer y Kerstin tendría que compartirlo.

Aquello le parecía vulgar.

Su viaje con Imre le permitía empaparse de imágenes de un mundo que le parecía gravemente amenazado. Lo miraba todo con una intensidad nueva, tratando de retener cada escena. Se imaginaba un proceso mental mediante el cual las grababa en su retina, lenta, casi dolorosamente. No parpadeaba, temía perderse algún instante precioso.

En la fiesta de un pueblo, Kerstin se extasió con los bailarines que saltaban marcando el ritmo con el taconeo de sus altas botas negras. Eran magníficos y gráciles. Estaba fascinada y no lo ocultaba. En sus atuendos, en sus movimientos, ostentaban el orgullo de una cultura antigua que nunca había muerto, los recuerdos de una sociedad que había exaltado la fertilidad de la tierra y saltado por encima de las fogatas del solsticio de verano. Los bailarines lanzaban alaridos estridentes y las manos de los hombres golpeaban en el cuero, como salvas de fusilería.

Los siguieron de fiesta en fiesta, Kerstin no se cansaba

nunca. Imre arrastraba los pies sin entusiasmo. Le parecía que la autenticidad de aquellas fiestas de pueblo rozaba a menudo el nacionalismo y la xenofobia. Había bigotudos con camisetas en las que se reclamaba la devolución a Hungría de los territorios perdidos en 1920 con la firma del Tratado de Trianon. *A Magyar föld nem eladó.* Llevaban pintadas unas manos amarillas y en forma de garra que despedazaban el pobre país. Era más bien agresivo. E Imre no estaba muy seguro de que aquellos hombres no odiaran a los judíos o a los gitanos. Se preguntaba si debía comentárselo a Kerstin. Ella parecía estar muy lejos de él. Los bailarines la habían hechizado por completo.

Él reparó en la lenta mirada de Kerstin que iba desde el grupo hasta él. Leyó en ella incomprensión. Ella creía que pertenecía a su mundo, al mundo del grupo, y no al de Imre. Él la retenía a ras de tierra en su vida sin magia, en su existencia de trenes y fotocopias. En aquella mirada leyó que él no era un hombre de verdad. Le faltaba algo. El aliento. O algún otro de aquellos valores místicos que Imre no entendía. Con todo no había reproches en la mirada clara de Kerstin; simplemente no sabía qué hacía con él.

Imre tuvo miedo. Había temido aquella mirada durante toda su relación.

—Kerstin…—empezó a decir.

Ella alzó la mano indicándole que se callara y se alejó. Imre la encontró algunos minutos más tarde en un bar, rodeada de un grupo de hombres y sosteniendo una pinta de cerveza demasiado pesada para su muñeca. Cada vez que intentó acercarse, ella lo rehuyó, vertiendo con la brusquedad de sus movimientos un poco de bebida en su blusa.

Imre acabó por sentarse en un banco a esperarla. Ella iba de grupo en grupo riéndose y bebiendo. Las guirnaldas de luces colgadas de los árboles matizaban con los mismos reflejos dorados su pelo suelto, la franja de sus cejas y la cerveza en su mano. Estaba salpicada de oro. Hizo que le enseñaran algunos pasos e Imre la perdió de vista mientras ella giraba en la pista, riéndose de sus propios fallos, sin aliento, en brazos de hombres que sabían saltar por encima de las hogueras.

La lluvia la detuvo finalmente, dispersando la fiesta, y la devolvió a Imre.

Aquella noche dormían en una pensión. Antes de acostarse discutieron violentamente. Kerstin no aceptaba de ningún modo que Imre le reprochara haberse divertido. Lo encontraba mezquino y celoso. A él ella le parecía egoísta. Ella gritó muchas veces «No he hecho nada malo» y «Tengo todo el derecho» e Imre contestó sistemáticamente que aquello no era una cuestión de derechos. El amor no era una cuestión de derechos. No llegaron a ningún acuerdo. Como los dos tenían presente que habían reservado aquella habitación a mitad de viaje para tener al menos una vez una cama para hacer el amor, la disputa fue mucho más desagradable. Desde los primeros minutos de cólera, supieron que habían pagado la habitación para nada y que aquella noche no se tocarían. Sus palabras se hicieron más amargas.

Cuando Kerstin se quedó dormida, Imre se levantó para ir a fumar un cigarrillo al balcón de la habitación. Temblaba con la humedad del aire. Ya no llovía pero de los aleros se desprendían de vez en cuando algunas gotas que sonaban al chocar con el suelo.

Fumó dando hondas caladas al cigarrillo mientras se preguntaba si su vida era normal.

No pensaba en la casa en que vivía ni en los extraños miembros de su familia, sino en la tristeza que sentía, en la cólera que le inspiraba Kerstin. En su incapacidad para ser feliz, incluso cerca de las personas que más quería.

Se preguntaba si aquél era el estado normal de cosas, si los demás eran como él y su felicidad era fingida o bien era él quien cometía algún error.

¿Acaso la vida no era más que eso? ¿Una sucesión de esperanzas y depresiones en que cada una de ellas hacía olvidar la anterior, a pesar del paso de los años y de la poca sabiduría que daba la edad? ¿Era posible que no hubiera nada más?

Miró a Kerstin detrás de él, en la habitación oscura. Su pelo rubio formaba una mancha clara en la almohada. Dormía boca abajo, como los bebés, como Greta. Le habría gustado saber si se hacía las mismas preguntas que él. ¿Se daba cuenta de que la vida era mucho más vacía de lo que debería?

Volvieron enfadados a la casa de las vías. Kerstin no quería salir de su mutismo. Imre le pidió perdón varias veces, pero ella se limitaba a arquear las cejas o a salir de la habitación. Su mal humor y sus lágrimas provocaban en él crisis de pánico. Imre no podía pensar por mucho tiempo que Kerstin tenía una parte de responsabilidad en sus disputas, terminaba convenciéndose de que toda la culpa la tenía él. Él no podía darle nada. Y, sin embargo, ella se había quedado. Había pasado cinco años con él, lejos de su casa, en un país cenagoso sin mar ni montañas, en una familia de adopción medio muda, de dudosa salud mental, que olía a tabaco frío. Imre comprendía que a ratos Kerstin lo odiara y no sabía cómo resolverlo. Tenía la impresión de que no tenía nada más que ofrecer. Apretaba fuertemente los brazos contra el pecho en un esfuerzo por calmarse.

El 23 de diciembre de 1999 Kerstin y Greta se fueron a pasar las navidades a Alemania con Monika. Te quiero, dijo

Imre en el andén de la estación. Ella lo miró a los ojos sin decir nada. Cuando el tren se alejó, estuvo a punto de vomitar en los zapatos. Eran nuevos, el otro par había sucumbido en el barro de los caminos forestales.

La noche de fin de año Imre llevó a Pál y a Ági a un restaurante. El abuelo se había negado a ir no fuera a ser que las instalaciones eléctricas de la ciudad explotaran en el momento del cambio de siglo. Cuando volvieron de la cena sin haber presenciado cataclismo alguno, a Imre le pareció que el abuelo estaba un poco decepcionado. Le habría gustado sobrevivir a una gran catástrofe una última vez en su vida.

—Nunca pasa nada—gruñó.

El día de Año Nuevo, todos comieron el tradicional plato de lentejas para asegurarse de que tendrían dinero durante todo el año. Imre decidió dejar de fumar, como todos los años desde que había empezado.

—No me gustan los no fumadores—dijo Ági pensativa.

Ella fumaba extrafinos que venían en una cajetilla alargada y blanca.

—Como si su vida tuviera tanto valor, o sus pulmones. Se creen mejores que nosotros.

Hubo un momento de silencio. Ági resopló.

—¿Quiénes se creen que son?

Unos minutos más tarde, Imre volvía a encender un cigarrillo.

Pál prometió trabajar menos. El abuelo no se hizo ningún propósito. Era, según sus propias palabras, demasiado viejo para que lo jodieran con el futuro.

Cuando volvió, Kerstin se había cortado el pelo. Llevaba una especie de melenita igualada y corta y el flequillo hacia un lado. A Imre no le gustaba mucho el nuevo corte. Era como si Kerstin tratara de parecerse a alguien.

El 6 de enero el abuelo tuvo un ataque. Kerstin lo encontró echado en su sillón cuando volvió de ir a buscar a Greta al colegio. Inmediatamente escondió a la niña detrás de ella para que no pudiera verlo. Pero Greta pudo hacerse una idea de la escena porque miró entre las piernas de su madre. El anciano babeaba una espuma amarillenta que le corría por el cuello. La parte izquierda de la cara se le había hundido como si le hubieran quitado los huesos. En el suelo restos de loza y un charco de café marrón claro indicaban que se le había caído la taza.

Kerstin y Greta pensaron que estaba muerto. Sin embargo, detrás de la máscara grotesca de su rostro, el abuelo luchaba por no desaparecer. Consiguió guiñar un ojo. Greta chilló. Kerstin llamó al hospital.

Estuvo allí cerca de un mes. Las secuelas eran penosas. No conseguía pronunciar las palabras. Podía pensarlas, escribirlas, pero su boca no las dejaba salir. Emitía unos sonidos completamente distintos de los que él decidía articular pero no se daba cuenta. Él se oía a sí mismo como si hablara normalmente. Era la cara del interlocutor lo que le indicaba que una vez más acababa de pronunciar una frase incomprensible.

Los médicos ordenaron la amputación de la pierna rota ocho veces por Stalin y mal soldada. Fatigaba su cuerpo, decían. El abuelo, aterrorizado, renegó en su nueva lengua, pero Imre firmó la autorización. Era como deshacerse de una porción de historia. La operación se llevó a cabo sin complicaciones.

Ahora que no podía hablar, el anciano empezó a escribir. La cama del hospital estaba cubierta de cuartillas cuadriculadas llenas de palabras temblorosas. No dejaba leerlas a nadie. Estuvo escribiendo así durante casi toda su estancia. El día anterior de su vuelta a la casa de las vías, se las dio a Imre en un manojo apretado y enteramente garrapateadas. Era su producción. Y era una carta. El abuelo escribía:

Siento que me haya visto Greta. No está bien. Lo siento.

Es importante para mí que viváis en paz. Es lo único que cuenta. Porque tengo ochenta años y lo que yo sienta ya no me interesa.

Cuando era más joven creía que al envejecer a uno le llegaba la sabiduría, pero es una gilipollez. Lo único que llega es la vejez. Uno se convierte en un animal que llora. Tengo la impresión de que podría estar llorando siempre. Cuando trato de considerar mi vida, soy incapaz de decidir si he sido feliz o desgraciado. Lo único que veo es que los años han ido pasando y que los años pasados son años muertos. Eso me da ganas de llorar, la muerte está por todas partes en cuanto trato de recordar algo.

O sea que yo ya no me importo nada. Pero vuestro caso es distinto. Porque no quiero pensar que he sido una carga. Estuvo mal que Greta me viera. No es un buen recuerdo de su bisabuelo.

Sé que he sido malo muchas veces. Y ahora no puedo cambiar lo que los demás piensan de mí. Me voy a la tumba y los demás no estarán en paz por culpa del mal que he hecho. Sara se ha ido ya y también a ella le he hecho daño, le pido perdón, también a Pál le pido perdón porque no lo he querido.

Todo esto ya lo sabéis. Y ahora ya no tengo tiempo para lamentaciones. Tengo ochenta años y ha sido una vida lo suficientemente larga como para haber sido mucho peor. Como no tengo a nadie en el hospital, me obsesiono solo y nadie puede decirme si tengo razón o deliro.

Me pone nervioso pensar que he pasado toda la vida fuera como un hombre libre (en la libertad que nos han dejado los rusos) y me da miedo pensar que he sido un criminal. Tengo miedo de que algunos muertos no hayan tenido justicia porque yo andaba libre en el suelo de mi país.

Cuando tenía veinte años, yo era policía—ya habéis visto la foto de la boda con el uniforme—. Me gustaba mucho. La jerarquía me sacaba un poco de quicio pero me olvidaba enseguida. Y me sentía útil.

Los primeros años cuarenta fueron un verdadero desbarajuste. Habíamos recuperado parte de los territorios que habíamos perdido en Trianon. Fue Alemania la que nos los dio en agradecimiento. Fue Hitler. Pero organizarse con las nuevas fronteras fue complicado. No se sabía quién era quién.

En 1942 el ejército nos llamó para reforzar un control de identidad en Újvidék. Eso ahora pertenece a Serbia y se llama Novi Sad. Esto no cambia nada. Teníamos que comprobar que todo el mundo estaba en regla. Pero, naturalmente, no todo el mundo lo estaba, y eso lo sabían, si no nunca nos habrían enviado allí. A todos los que tenían los papeles en orden e inspiraban confianza se los dejaba pasar. A los demás se los montaba en unos camiones y se los enviaba a los soldados. Eran muchos metidos en las traseras de los vehículos, había de todo. Había partisanos serbios que no querían ser ni húngaros ni nazis, había gitanos que tenían la mala suerte de ser gitanos y judíos que tenían la desgracia de ser judíos.

Hacía un frío horrible. Les quitábamos los abrigos, a veces las botas. El ejército había dicho: allí adonde van no los necesitarán. Poníamos cara de pensar que era la prisión o un hospital. Pero nos habían dado la orden de disparar con fuego real al menor problema, de modo que sabíamos que aquello no sería nada grato.

Yo no hice nada. Estaba en la mesa para los buenos, para los que tenían papeles. Les ponía un último sello. No envié a nadie a ninguna parte. A decir verdad, me aburría como una ostra en mi mesa. Luego, una noche, Tibor me contó que había visto cómo fusilaban a los indeseables en el Danubio helado. Me contó que los hacían avanzar descalzos, sin abrigo, por el río helado hasta donde se rompía el hielo y se ahogaban en el agua negra o hasta que los soldados se decidían a disparar. Le pregunté: ¿cuántos? Y Tibor me dijo que creía que unos cuantos centenares. Le dije que no era posible. Fumamos un cigarrillo. En el fondo de mi corazón sabía que era posible. Pero no quería creerlo. Además prefería pensar que si había algún problema, no sería por nosotros, los húngaros. Aquello debía de ser una operación alemana porque los nazis no eran más que unos cerdos sin alma, pero nosotros los policías húngaros no hacíamos más que un trabajo de control.

Siempre que oigo crujir el hielo en el Danubio aquello me hace estremecer, incluso aquí. Porque a veces pienso que también yo he participado en los horrores de la guerra.

Tengo las manos limpias, no todo el mundo puede decir lo mismo, porque ni he matado ni he golpeado a nadie, y después de aquella operación dejé la policía y me hice soldador. Así que cuando recuerdo aquello, a menudo, me digo que deliro y que no hice nada malo.

Pero a veces también pienso que vi los camiones y que Tibor me contó lo del río y que pese a ello me quedé en Újvidék los dos últimos días y seguí poniendo sellos.

Hoy da igual que yo haya estado traumatizado. Eso no quiere decir nada para un cuerpo viejo ni para un cerebro que llora: no tiene el menor interés. Pero si hay alguien ahí fuera que piensa que yo ayudé a Hitler o que participé en la Shoah, quiero pedirle perdón antes de que me llegue la muerte y decirle que en aquella época era muy complicado para mí saber dónde estaba el bien y el mal. Yo quería ayudar a mi país y proteger a los húngaros. Ignoro cómo pudo tener lugar una matanza en el río sin que nos diéramos cuenta de lo que estaba pasando. Me lo sigo preguntando.

Quiero decir aquí que nunca quise que sucediera aquello y que tampoco soy racista. Si he obrado mal, lo lamento mucho. Si he hecho del mundo un lugar peor, lo lamento mucho.

Después de aquello, lo único que yo quería era la paz. Así que ver llegar a los rusos fue demasiado. Y jamás he podido soportar lo que le hicieron a Sara. Yo creo que en aquel momento perdí toda mi felicidad. Nunca he vuelto a ser feliz después de aquello. Por eso he sido un mal marido y un mal padre.

Lo único que quería era que nosotros nos quedáramos en nuestra casa. Y quizá entonces habríamos podido discutir tranquilamente lo que había pasado en la guerra y cada uno podría haberme dicho si yo era culpable o no de los muertos del río o si yo era una víctima porque me habían llevado allí sin decirme nada, sin decirnos nada, e inmediatamente nos pusieron a hacer un trabajo sucio.

Pero las cosas no fueron así y lo lamento porque fui mi único juez, así que me concedí al libertad.

Ahora tenemos paz y los rusos se han ido por fin, pero el país ya no me gusta como antes y no me parece que haya ninguna razón para pelear por él. No tiene sentido. Es como si todo aquello se alejara de mí cada vez más y no he querido arriesgarme a ir a la cárcel por unos recuerdos de los que ya no me acuerdo.

Os cuento todo esto para que decidáis por mí si he sido o no un hijo de puta y me parece que podría ser un principio de justicia que alguien distinto a mí pueda considerar todo el asunto y decir si he hecho daño o no a los demás.

Después de haber escrito esto me alegra no poder hablar. Es bueno saber que no lo discutiremos nunca aunque estéis tan al corriente como yo. Me duele menos la idea de morir.

Llevaron a la casa de las vías al abuelo con su cuerpo debilitado. Sin gritar y sin la pierna izquierda, parecía minúsculo y completamente humano. En un lado de la cara se apreciaban todavía las secuelas del ataque. Tenía el aspecto de un río de lava. Lo instalaron en su sillón y el abuelo se convirtió en el sillón.

Imre le dio la carta a Pál. No sabía bien qué hacer con ella. Sólo sabía que no quería que Kerstin la leyera. No podría soportar oír su opinión sobre aquel asunto. Tenía una moral maniquea, no toleraba zonas de sombra, no tenía la menor reserva en la separación que hacía entre buenos y malos. Las pequeñeces cotidianas de la humanidad, sus debilidades, no eran datos que ella tuviera en cuenta. Y, sin embargo, a Imre le parecía que eso era lo único importante. Había muy pocos verdaderos hijos de puta y muy pocos verdaderos santos. No había más que hombres que se miraban el ombligo, que temblaban por su ombligo, que protegían su ombligo, sin dejar de ser sorprendentemente triviales.

Cuando Pál le devolvió la carta, Imre la escondió en el transformador. Pegó con celo el sobre en la pared metálica. No se decidía a destruirla. Habría tenido la impresión de haber decidido para la historia que su abuelo era inocente. Pero tampoco tenía valor para enseñar la carta y sacar a la luz pública a su abuelo. Allí, guardada en el transformador, alguien acabaría por encontrarla, la leería y decidiría por todos ellos.

EL SILENCIO INSONDABLE

Kerstin no leyó nunca la carta del abuelo. Cuando se fue, ella escribió otra y la dejó en la mesa. No tenía más que tres líneas.

Era el 27 de marzo de 2000.

Era como si el ruido hubiera cesado de golpe. Como si la tierra se hubiera despoblado. No había otros seres vivos. Sólo el silencio insondable.

Imre dejó el papel en la mesa. Esperaba confusamente que el mensaje sería, con mucho, diferente. Pero las frases estaban allí inmutables:

«Ya no puedo más».

¿Por qué no lo habían hablado?

«No es por tu culpa».

Gilipolleces.

«Me llevo a Greta conmigo».

—¿Las has visto irse?—le preguntó Imre al abuelo, que se balanceaba en su sillón.

El viejo asintió.

—¿Y no has hecho nada?

El abuelo rio por lo bajo y se encogió de hombros. Desde su ataque, había sustituido las palabras por sonidos, risitas, chasquidos de la lengua, silbidos, ruidos guturales. No trataba de darles ningún significado. Se limitaba a hacer ruido, contento de que su cuerpo aún pudiera hacerse oír. Imre no sabía qué hacer.

—¿Dónde están? ¿Adónde se han ido?

Pero el viejo no contestaba, sin dejar de sonreír hundido

en su enorme sillón. Imre subió a la planta, lo registró todo. No quedaba nada ni de su mujer ni de su hija. Sólo había cosas de hombre. Tres hombres solos, de tres generaciones distintas. Y la maletita de Ági, con todos sus vestidos, con el candado puesto y metida debajo de su cama.

«Ya no puedo más».

Imre no debería haber creído nunca que Kerstin podría acostumbrarse a aquella vida. No debería haberla dejado nunca instalarse en la casita de las vías. No podía seguirle pareciendo siempre pintoresca. Él, Pál, Ági, el viejo seguían en ella porque estaban atrapados, porque era su casa, porque la casa estaba allí desde siempre, desde el tiempo de las violetas y de las serpientes de agua, y por respeto al tatarabuelo que había grabado su nombre encima de la puerta. Pero ¿qué tenía que ver Kerstin con el linaje de los Mándy de las vías? No tenía el menor interés en quedarse en el viejo chamizo de madera rechinante en medio del estrépito de los trenes.

Y luego había nacido Greta. Aquél no era un lugar para una niña pequeña. El cuerpo amputado del abuelo-sillón en el salón, el cuerpo postrado de Ági, su andar a pasitos, el océano de basura en torno al jardín. Claro que Kerstin ya no podía más. No con Greta.

Lo que más le dolía a Imre era que estaba de acuerdo con la frase de Kerstin. Si hubieran hablado de ello, él le habría dicho que sí a todo. Pero ella no había dicho nada, porque ya no podía más del propio Imre.

Se sentó en el suelo del cuarto, incapaz de mantenerse en pie por más tiempo. La habitación giraba alrededor de él, absolutamente en silencio. La cama grande y la camita de Greta. Desiertas. Kerstin había quitado las sábanas al irse. Estaban hechas un rebujo en el cesto de la ropa sucia. Como si no hubiera sido más que una invitada que deshacía su cama cuando se iba y plegaba el canapé para dejar la casa como estaba antes de su llegada.

Aquello no había sido más que eso. Imre le dio una patada a la cómoda que tenía los cajones abiertos y vacíos. El ruido resonó en las paredes de madera y provocó una nueva risa sardónica del abuelo.

¿Debía irse a Alemania? ¿Ir tras ellas?

Bajó y subió las escaleras varias veces al son de sus decisiones. Ir. No ir. Ir. Detente.

El abuelo chascaba, hacía ruidos de boca húmeda y tamborileaba con los dedos en el brazo del sillón. Miraba las idas y venidas de su nieto con interés.

Lo más probable es que se hayan ido a Colonia, terminó por concluir Imre. Los padres de Kerstin seguían viviendo allí. Quizá se hayan ido allí. No tenía más que llamar por teléfono para saberlo.

Se le revolvieron las tripas. Tenía miedo de saber, miedo de descubrir que se habían ido de verdad, que Kerstin había escrito aquella ridícula nota de tres renglones a modo de despedida.

Sin embargo, tenía que llamar. No podía quedarse en la casa abandonada como si no hubiera cambiado nada. Empezó a marcar el número y colgó. La presencia del abuelo en el cuarto le molestaba. Tenía miedo de resultar patético y habría preferido que no lo viera nadie. Pero no tenía fuerzas para llevar al abuelo al primer piso. Puso los dedos en las primeras teclas.

El teléfono sonó muchas veces antes de que los padres se decidieran a descolgarlo. Imre pensó que sabían quién llamaba.

—Kerstin—dijo Imre—, Greta.

No pudo decir nada más. Era imposible. Hubo un momento de silencio antes de la respuesta del padre. A Imre le costaba entender su alemán. Por lo menos la respuesta era sencilla. Estaban allí las dos. No querían hablar con él.

—Debería darle vergüenza—dijo el padre de Kerstin.

Y colgó. El tono continuo del teléfono le atravesaba la cabeza. Lo ocupaba todo. Un silencio peor que el silencio. Imre se quedó de pie, con el auricular pegado a la cara, con aquella nota aguda que no se acababa nunca, que no contestaba a los «Oiga», y de pronto se puso a llorar, con el cuerpo agitado por los sollozos como una cuerda tensa. El abuelo, sorprendido, contestó con hipidos.

—No puedo más—decía Imre llorando—, no puedo más, no puedo más, no puedo más...

Repetida de aquella manera, la frase no quería decir nada. La marcha de Kerstin era absurda. Las palabras de adiós se atenuaban a causa de la ausencia de sentido.

Los días siguientes estuvo esperando alguna noticia. Alguna señal. No llegó nada. Llamó por teléfono muchas veces pero no lo cogieron. Empezaba a volverse loco. Cuando llamó dos semanas más tarde con la amenaza de ir por su hija aquella misma noche, los padres de Kerstin le dijeron que se habían ido a otro sitio. Ahora vivían en el sur de Alemania, cerca de la frontera francesa. Y Kerstin iba a hacerse profesora. Profesora. La madre había insistido en la palabra. Era como si hubiera sido Imre el que había impedido a su hija seguir con sus estudios.

Le entraron ganas de preguntarle: ¿y qué podía hacer yo si los restos del comunismo pusieron cachonda a su hija en el verano del 93? Tenía ganas de ser grosero, de molestar a aquella gilipollas de voz engolada que se permitía darle lecciones.

No, él no había abusado de la buena voluntad de Kerstin. Incluso le había dado en varias ocasiones la posibilidad de irse. Nunca había pensado que él fuera suficientemente bueno para ella. Era ella la que había querido quedarse, vivir en la casa de las vías, tener un hijo. La verdadera vida, como decía ella. La vida de los nativos.

¿Debía llamar a la policía? A veces pensaba que sí.

Luego miraba la casa. ¿Obligar a Greta a vivir allí? Tener un pleito que no acabaría nunca, plagado de insultos y de indagaciones con el riesgo de arruinar la vida de su hija. No parecía justo. Y Kerstin iba a ser profesora. Quizá estuvieran mejor sin él.

—En cualquier caso, ningún tribunal daría la razón a un húngaro contra un alemán—le dijo Ági.

—¿Y por qué?

—Porque éste es un pueblo fracasado.

Soltaron una risita los dos.

Imre se pasaba las noches jugando con el cordón del teléfono. Una vez llamó y en su delirio rabioso dijo que iba a ir con un cuchillo. Después de aquella llamada los padres de Kerstin no volvieron a coger el teléfono.

Cuando se hacía el silencio, Imre no conseguía pensar en nada. Las noches eran largas y confusas.

¿Qué hará Greta?

Ya habían pasado dos meses.

¿Es posible olvidar que se tiene una familia?

¿Qué hará Greta? Debe de crecer como las plantas. Y yo no puedo verla. Soñaba que la niña crecía a ojos vistas, que su cabeza rozaba el techo. Ella lo buscaba. Él no estaba. Crecía como una habichuela mágica. Él seguía en el suelo. Ella no lo veía. Su cabeza se perdía en las alturas. Él no podía distinguir su cara. Crecía por segundos. Él olvidaba cómo era. Ella seguía creciendo.

Imre compró su primera botella de *pálinka* de albaricoque el 7 de junio de 2000. Pensó en los días críticos del abuelo. En su promesa de niño de no beber nunca. Se la bebió aquella noche y se puso enfermo.

Büdös disznó.

En el silencio todo se descompone. El tiempo no acaba nunca.

EL MUNDO VACÍO

Imre andaba sin hacer ruido. Sus suelas eran blandas. Llevaba las manos en los bolsillos. Caminaba al azar, como cuando tenía quince años. Caminaba como si no tuviera casa. La ciudad había cambiado. Edificios nuevos a lo largo del Danubio, hoteles de lujo con las ventanas oscuras. Oficinas de banco de colores brillantes. Falsos restaurantes italianos que vendían pasta a precio de oro. La ciudad había cambiado y él no había visto nada. Tenía la impresión de estar fuera por primera vez. Polvo en los labios. Había obras por todas partes. Querían aceras más grandes. Querían más metro. Se podía haber perdido siguiendo las vallas de las obras. Había mingitorios para los obreros. Tenían fugas. Olor a meado en el calor de la noche. Aquello le habría parecido auténtico a Kerstin en la época de su llegada.

Budapest es una ciudad de olores. Sobre todo en primavera. Olor a árboles jóvenes, a piedras calientes, a caucho quemado, a mierda de perro, a vómito de turistas borrachos, a grasa frita, a comida de gato en los parques de la ciudad.

A Imre se le hacía difícil comprender que hubiera pasado tanto tiempo desde la marcha de las dos. Pensar que ya era primavera. Para él todo se había detenido. Por debajo, de un modo sordo, los días, los meses del calendario de los otros seguían desfilando. Pero su tiempo no los seguía. Era una superficie de vidrio en la que él estaba echado.

Oía los crujidos y el ruido de sus pasos, pesados, lentos, y recordaba retazos de un poema de Attila József que Zsolt le recitaba de niño: «Yo era un elefante, pobre y débil».

Aquello le iba bien aquella noche. Creerse elefante. Incluso los recién nacidos parecen viejos. Vestidos con pijamas demasiado grandes, como si todos estuvieran caquécticos. Se debaten en la ropa de otros, talla «buena salud», con su delgadez inadecuada. A Imre le inspiraban simpatía. «Ahora mi alma es humana y perdido está el paraíso. | Mis espantosas orejas me sirven de abanico».

Oía todos los ruidos. La electricidad de Budapest, que aullaba por la ciudad llena de cables, en medio de las calles, en el borde de las calles, en el suelo de los bares. Los tranvías y los troles no parecían ir por las calzadas, sino bajo los hilos. Estaban colgados de los hilos, suspendidos allí arriba, y luego eran lanzados a través de la ciudad como si bajaran por una tirolina gigante. En algunos puntos del trayecto de Imre había tantos hilos que en los cruces formaban un nido gigante y redondo erizado de transformadores a los que sólo faltaba una cigüeña que los coronara.

Todos aquellos cables importunados por las pértigas de los vehículos lanzaban aullidos, chirridos, echaban chispas. Imre, transformado en elefante en las calles de la ciudad, podía oír el poder de la electricidad. No como energía discreta y silenciosa que se transforma mágicamente en luz o en calor, sino como fuerza bruta, electricidad y nada más que electricidad.

Trepaba las escaleras del monte Gellért y los caminos serpenteantes. «Yo era un elefante, pobre y débil». Sus suelas se debían de haber fundido. Sus pies se pegaban al asfalto. Le costaba levantarlos. Sus pasos penosamente detenidos. La calle estaba vacía. ¿Es que la zorra se había llevado a toda la ciudad con ella? A los dos millones de habitantes.

Tampoco quería pensar así. Zorra. No quería tener en su cabeza esa clase de palabras para referirse a ella. El primer amor, el único amor. El milagro.

Pero no podía evitar odiarla. Era lo único que le quedaba para creerse fuerte. Cuando se dio cuenta de que no volvería, empezó a hacer cosas que a ella no le habría gustado nunca que hiciera. Una noche había ido al cine a ver *X-Men*. Kerstin lo habría despreciado, estaba seguro. Había pensado incluso en llamarla para decírselo.

Era la clase de sala de cine que le habría horrorizado a ella: niños fans de Estados Unidos e imágenes de hombres viriles y peludos, el sonido de las palomitas masticadas con entusiasmo. Y, sin embargo, cuando se fijó en el casco de Magneto, había pensado intensamente en ella. Era su nuevo corte de pelo, la melenita con que había vuelto de Alemania después de Año Nuevo y que le había impedido leer sus pensamientos. Acurrucado en su butaca de terciopelo demasiado caliente, había sentido que poco a poco se iba identificando con el profesor Xavier.

His helmet was somehow designed to block my telepathy. I couldn't see what he was after before it was too late [Era como si su casco estuviera diseñado para neutralizar mi telepatía. No me di cuenta de sus intenciones hasta que fue demasiado tarde].

Entendía la impotencia de esta confesión. Sabía que aquello dolía. Kerstin se negaba a compartir su mundo. El peinado de casco la había mantenido apartada, el pelo cortado recto, rubio y brillante, de ángulos definidos. No sabía nada más. Tenía que admitirlo: cuando ella se fue él ya no sabía nada de ella. Habría sido incapaz de saber qué pensaba, qué quería, cómo complacerla.

Al principio habían avanzado en el conocimiento mutuo, pero los dos últimos años habían transcurrido desconociéndose, olvidándose, convirtiéndose en extraños el uno para el otro. Sus gestos eran otra vez torpes; sus voces, inseguras.

Y luego Kerstin se fue. Ya no había ningún lazo.

Imre, el elefante que subía por la colina, tenía la lentitud del abuelo. Quizá también una de sus piernas estaba muerta. El abuelo decía siempre que ninguno de los hombres de la familia llegaba intacto a la vejez. Las vías acababan por atrapar las piernas, por romperles los tobillos. Las articulaciones se ponían azules a fuerza de torcerse. El sillón los esperaba en la casita de las vías, a uno tras otro. Todos los hombres de la casita acababan en aquel sillón, con las piernas doloridas.

E Imre pensaba también: su dolor de sin-mujeres.

Cuando su tía Panka se enteró de que Kerstin y Greta se habían ido, fue a tomar café a la casa de las vías. A constatar por ella misma que era verdad, a ver el vacío. Había palmeado varias veces el hombro de Imre, sin demasiada compasión.

—No puedo decir que no la comprenda—había dicho mientras fumaba un cigarrillo en el jardín triangular.

—Yo tampoco—dijo Imre.

Era su problema. Odiar a Kerstin por una decisión que comprendía perfectamente. Se le encogía el estómago con aquel sentimiento contradictorio.

—Esta casa—siguió diciendo Panka—ha sido siempre mala para las mujeres. Incluso pudo con tu madre, a pesar de que era una mujer fuerte. Pero...

Terminó la frase hendiendo el aire con el borde de la mano. Chac. Seca.

—Tú te las apañaste—dijo Imre.

Panka mordisqueó el filtro del cigarrillo. Dejó las marcas de sus dientes y de su lápiz de labios en el papel marrón.

—Yo me fui enseguida.

Eszter había hecho lo mismo. Siempre hacían todo juntas. La casa había estado sin mujeres dos años, hasta la boda de Pál.

—*Apa* habría querido que nos quedáramos—dijo Panka sin dejar de mordisquear el cigarrillo—, pero…

Se encogió de hombros mirando a Imre como diciendo: ya sabes. Era una tara familiar de los hombres, siempre perdían a las mujeres, no sabían conservarlas. Tampoco sabían protegerlas.

De repente, en la calle, en la luz rojiza de la farola, vio a alguien. Imre se acercó. No sabía adónde mirar. Cuando dos solitarios se cruzan de noche, nunca saben si es mejor saludarse o poner cara de que no se han visto. Miró a hurtadillas.

Una mujer en la acera con un vaso en la mano. No llevaba nada más que una bata de tela muy fina con motivos muy corrientes encima de una combinación de satén. Debían de ser las tres de la madrugada. Estaba delante de una casita con un jardín minúsculo, manteniendo abierta la puerta con la cadera. Detrás de ella la puerta de la casa estaba entreabierta. Estaba fumando. En una mano tenía un vaso y en la otra el cigarrillo y un teléfono. Miraba hacia la parte de abajo de la calle.

Debe de estar esperando a alguien, pensó Imre. Alguien a quien acaba de llamar por teléfono. Alguien muy importante, demasiado esperado para que ella pueda aguardarlo dentro de la casa. Alguien que merece que salga sin perder tiempo en ponerse una ropa más apropiada. Alguien, no obstante, que no suele ir por allí, pese a la precipitación con la que ha debido de salir de la casa. Alguien que suscita suficiente angustia como para que necesite una copa y un cigarrillo ante el temor de que no llegue. Ella empezó a mordisquearse la uña del pulgar.

Es insoportable este pensamiento, se dijo Imre cuando

abandonaba poco a poco sus alturas de elefante. En todas partes falta gente. El mundo no estará nunca lo suficientemente lleno. Hay demasiados porches con personas esperando, seguras de que la vida les debe algo, alguien que no llega nunca.

—Esto mata las hormigas—dijo la mujer blandiendo su vaso cuando Imre pasó por delante de ella.

Se preguntó si la habría mirado con curiosidad.

—A su salud—contestó él.

El retraso del mundo ante las esperas de las personas no era posible. Bajó hacia el río a la velocidad que le permitían sus suelas pegajosas.

Había recibido una carta de Kerstin. Un cheque. Ahora ya era profesora. Ganaba lo suficiente para vivir. Le devolvía el dinero de los anuncios de Greta. Pero quería que las dejara tranquilas. Decía: no llames más a mis padres, les das miedo. Tú sabes que esto es lo mejor para Greta. No puede vivir entre las vías. Aquí tendrá una verdadera vida.

Eran sus palabras exactas. Imre se había reído sardónicamente. Cuando Kerstin había llegado allí, en el verano de 1993, la verdadera vida era todo lo que no era Alemania, todo lo caótico, lo pobre, todo lo precario que era defectuoso, lo raído, lo que constituía el mercado negro de la existencia. ¿Y ahora qué? La verdadera vida eran sofás de cuero, escuelas privadas y agua pura en los grifos. Todo lo que Imre no podía ofrecer.

Estaba enfadado, y más todavía porque sabía que ella tenía razón. Aquello era mejor para Greta. Aquello era mejor para Kerstin. Aquello era mejor para todos, salvo para él.

Con la carta venían también los papeles del divorcio. Casi treinta páginas. Era demasiado y al mismo tiempo ridículamente poco. Las palabras se removían solas en el papel. Imre no podía leer el documento. Lo había firmado sin enterarse de su contenido. ¿Qué podía ser peor? No puede llevarse nada más importante que Greta.

Había dejado el cheque bajo la mesa, en el mismo sitio en que había caído del sobre. No se le ocurría qué hacer con él. Kerstin le pagaba para que olvidara. Pero ¿era posible tal cosa? Se lo preguntaba muy en serio.

En la pared del centro comercial veía la cara inmensa de Greta, su sonrisa de dientes separados. Había heredado la piel dorada de su madre y los ojos grandes y castaños de su padre. Había algo reconfortante en el rostro de Greta. Tenía una cara amigable.

Imre había visto las fotografías muchas veces, en muchos sitios de la ciudad después de que se fueran. Cada vez era un golpe. Los ojos de Greta eran tranquilos y hermosos como espejos en un cuarto oscuro. No los turbaba nada. En los paneles tenían un metro de anchura. Era la cara gigante de su hija.

Imre anduvo hasta el Danubio. La tristeza dentro de él era como las hormigas de las que había hablado la mujer. Mordía trozos pequeños y escapaba. No había nadie. Sólo los coches. Las orillas no estaban acondicionadas y había por allí algunos escalones de cemento y algunos amarraderos para los barcos. Pasó por encima de las cadenas herrumbrosas que bordeaban el río y bajó hasta el agua. No se detuvo, no vaciló. Entró en el río. El olor era espantoso. Fango y peces muertos. Tenía ya el agua por la cintura. La corriente era más fuerte de lo que había pensado. Bajo las suelas de sus zapatos sintió objetos extraños y el fango blando. Cosas que se rompían. Un golpe de la corriente lo arrastró por la cintura. Se abandonó.

Pertenezco a una familia en la que desaparecen las mujeres, pensó a merced de las aguas sucias. Y se preguntó qué clase de maldición podía ser aquélla. Como si, pese a toda su buena voluntad, los hombres que lo rodeaban sólo pudieran perjudicar a sus mujeres, a sus amores.

Había visto lo que le había pasado a Ági.

Había enterrado a su madre.

Kerstin lo había abandonado.

Ya no tenía a Greta.

Y además estaba Sara, la abuela, cuya historia le había contado finalmente Panka.

Se hizo el silencio y sus ojos no vieron más que marrón.

Cuando la policía lo sacó en Csepel, escupió un poco de aquella agua espantosa. Lo masajearon, le pusieron una máscara de oxígeno y volvió en sí sin más daños.

—¿Se encuentra usted bien, señor?—preguntó un rostro de policía sobre un fondo de luces giratorias naranjas y blancas.

—No—confesó Imre.

Nada se había lavado, nada había desaparecido. Aún lo recordaba todo. Era decepcionante.

—Es mejor—le dijo Panka—que tu alemanita se haya ido. No tenía fuerza suficiente. Habría terminado como mi madre.

—Asesinada por Stalin—contestó sarcásticamente Imre.

Panka se encogió de hombros.

—Es viejo—dijo ella refiriéndose al abuelo—, necesita creer que es por culpa de los otros. Stalin, Rezső Seress...

—Los hortelanos—completó Imre.

—También. No puede soportar la idea de que ella se matara por su culpa, porque él no quería aceptarlos ni a ella ni a tu padre.

—¿Se mató?

SARA MÁNDY, DE SOLTERA TOTH, 1920-1955. Imre había leído la inscripción en la tumba muchas veces y nunca había sabido la verdad. En su gesto de protesta, golpeó con la mano la brasa del cigarrillo de Panka.

—Mierda.

Tenía un circulito oscuro en la parte superior de la mano, cerca del dedo corazón.

—Mierda, ¿por qué nadie me ha dicho nunca nada?

Había dado vuelta a la tierra cenagosa, había plantado flores nuevas y nadie se había dignado explicarle cómo había muerto su abuela.

—El 2 de mayo de 1955—dijo Panka.

Sara la menudita, la triste, invadida y ocupada como su ciudad. Había traído al mundo a su hijo de guerra, su hijo de una violación, y la tristeza, la tristeza que había escondido dentro de sí, aquella tristeza se la había llevado.

—¿Quieres saber toda la historia?

Imre asintió con la cabeza, con el leve consuelo de pensar que quizá Kerstin no lo había abandonado, que se había limitado a huir de la casa mata-mujeres.

El 2 de mayo de 1955 Sara estaba escuchando «Domingo sombrío» en el aparatito de radio. Oía y cantaba. *Tendrás flores, flores y un ataúd.* Siempre le habían gustado las canciones tristes. Aquélla era la última imagen que sus hijos tenían de ella, inclinada sobre el aparatito de radio. Tenía unas ojeras muy grandes, ligeramente azules, y parecía que su lunar se alargaba aún más hacia la mejilla. Llevaba un pañuelo en la cabeza, como las viejas de pueblo. Su gusto no había coincidido nunca con el de la época. Panka recordaba un vestido también oscuro, algo que pasaba desapercibido. Pál estaba pegado a ella, como siempre. Estaba sentado a sus pies, en la punta de sus zapatos. Tenía diez años pero era tan delgado que no pesaba nada. Conservaba alguna de sus costumbres de bebé y Sara no se las prohibía. El niño tarareaba la canción a su modo, sin separar los labios.

Luego Sara había salido al jardín triangular tras decirles a los tres que no salieran de la casa. Habían obedecido todo lo que quedaba de la tarde. Y cuando el abuelo volvió por la noche, se la encontró muerta en el huertecillo. Se había asfixiado tragándose un puerro.

Panka había acudido corriendo cuando oyó los gritos. Le contó a Imre que no debía haberlo hecho. Recordaba el haz de hojas verdes que sobresalían de la boca de su madre, como una palmera enana que hubiera crecido allí. Irrupción de la jungla en los labios de su madre.

—Era algo en contra del sentido común—dijo Panka con ira, como si el sentido común tuviera la menor importancia a la hora de la muerte y Sara hubiera decidido ponerlos a todos en ridículo.

No entendía cómo Sara pudo reunir la suficiente determinación para hundirse hasta aquel punto el puerro en la garganta. El sufrimiento debió de ser atroz. Y, en cualquier caso, aquél no era modo de morir.

Imre sabía lo que sentía su tía. También a él le habría gustado cuando se murió Ildiko que la pérdida de la madre le confiriera un aura trágica—la única ventaja de ser huérfano es la mirada de los demás, que siempre tratan de curar las heridas ajenas—. Pero morir aplastado por un tren no estaba en el catálogo de las muertes bonitas. Era demasiado ridículo y demasiado raro. La gente le pedía a Imre que lo repitiera para estar segura de haberlo comprendido bien. Luego se olvidaba de compadecerlo.

—Eso es lo que hacen los hombres de esta familia—dijo Panka—, llevan a las mujeres a lo grotesco. No hay dignidad para nosotras.

A la hora de morir en la casita de las vías, una no podía matarse como una heroína trágica. No había lugar para ello. Sólo quedaban los puerros.

LA CASITA JUNTO AL LAGO

Al principio había dicho que no, que nunca. No podía emplear aquel dinero. Sería una bajeza aceptar una compensación por la pérdida de su familia. Coger aquel dinero sería como vender a Greta.

El cheque se había quedado en el suelo. Cuando alguien pasaba por la planta baja de la casa de las vías, le echaba una ojeada y sufría un poco. Era como pisar un clavo.

Finalmente habían quitado la cara de Greta de las vallas publicitarias. Ahora había otra niña, con ojos azules. Ági había estado mirando en los contenedores de basura de los alrededores del centro comercial para ver si encontraba los carteles. Había conseguido recuperar un trozo un poco roto. Era la mejilla de Greta, su oreja y un poco del pelo. Tenía mayonesa en el lóbulo de la oreja. Se había roto un bote en el contenedor.

—Tira eso—le decía Imre una y otra vez.

Pero Ági no quería. Lo guardaba al lado de la cama.

—Tengo derecho—decía.

Cuando el abuelo murió, en enero de 2002, de un segundo ataque, Pál, Panka y los dos chicos llevaron el ataúd al cementerio sin decir palabra. Eszter estaba viviendo entonces en Brasil con un dentista retirado. No había querido hacer el viaje.

—Me parece que me voy a ir con ella—dijo Panka, tras echar un puñado de tierra encima del ataúd—. Tiene razón. Esperar aquí no tiene sentido. Ya he esperado casi sesenta años. Este país no tiene nada que ofrecernos.

El abuelo estaba enterrado al lado de Sara. Imre pensó que su padre estaba un poco celoso. Hubiera querido aquel sitio. No el de al lado de Ildiko.

Camino del cementerio, Imre se había fijado en los hombros caídos, la mirada perdida y el andar de heridos de guerra de los miembros de su familia. La moral y la dignidad le parecieron de repente ridículas al lado del salvamento imperioso de Pál, de Ági y de él mismo.

Entonces, con el cheque de Kerstin, compró una cabaña al borde del lago Balaton.

—¿Le gusta pescar?—le preguntó el antiguo propietario—, porque puedo dejarle mi barca y mis cañas.

Imre había contestado que sí, aunque siempre le habían dado miedo los peces del Danubio. No quería vetarse ningún entretenimiento, ni siquiera los que pensaba que no le gustaban. Tenía que intentarlo.

La pequeña cabaña verde a orillas del lago estaba rodeada de cañas. No se veía más que el agua y las hojas. Ni una casa. Ni un camino. Cuando se abría la puerta, la franja de suelo que quedaba entre el umbral y el agua no medía mucho más de medio metro. El chapoteo mareaba.

El interior de la cabaña era muy sencillo. Una mesita rodeada de sillas, una cama doble en un rincón, un altillo con dos colchones, un fregadero con una manguera de ducha que se podía fijar en el grifo. Se lavaban fuera, en la orilla del lago.

El primer verano que pasaron allí fue el verano de las tormentas. Todas las noches el cielo se abría y la lluvia caía a mares sobre los que se quedaban fuera. Los truenos sacudían la noche. Se sentaban los tres alrededor de la mesa, sobresaltándose con cada relámpago, primitivamente contentos de estar bajo techo. No pensaban en nada.

La lluvia cesaba un rato antes de los relámpagos y durante horas no había más que una luz extraña y absurda, sin aguaceros, sin ruido.

La naturaleza que los rodeaba los adormecía, los inducía a una modorra propia del verano. Algo así debió de vivir el tatarabuelo cuando construía la casa de las vías. Era la época de las violetas de agua y del campo. Aquello estaba bien. A veces tenían sobresaltos. Cuando los insectos se hacían demasiado presentes, Imre se ponía nervioso. No se le podía decir nada. Ági se enamoró de una familia de musarañas que encontró en la cabaña. Todos los días iba a comprobar que no les faltara nada para su bienestar. Las miraba con el mayor interés cuando se iban al agua. Les dio el nombre de distintos políticos porque, según ella, con sus grandes culos y su larga nariz tenían todo el aspecto de ocupar un escaño en el Parlamento. Pero su interés por aquellas pequeñas criaturas se acabó en cuanto observó que las musarañas se comían sus propios excrementos. A partir de aquel momento se negó a verlas. Le pidió a Imre que sacara su nido.

Por la noche jugaban a las cartas y fumaban. Imre compró una televisión pequeña.

Un día vieron a Greta. Interpretaba un papel en un anuncio alemán muy mal doblado. Estaba aún más guapa. Pál e Imre coincidieron en decir que se parecía a Ági. Comía unas galletas con chocolate y leche en el banco de una escuela reluciente, llena de niños felices. El anuncio terminaba con la salida de clase. Unos padres falsos iban a buscar a Greta y ella los saludaba con la mano, feliz gracias a las galletas. Los tres apartaron la mirada al mismo tiempo para no tener que mirar la cara del actor que hacía de padre. Seguramente es más guapo que yo, pensaba Imre.

Tontamente buscó a Kerstin en los demás anuncios. No apareció nunca.

Aquel verano repusieron *Dallas*. Pál podía estar viéndola durante horas. Imre y Ági salían a pasear en barca, se llevaban las cañas prometiendo una sopa de pescado maravillosa, pero nunca se decidían a pescar. Pál se quedaba pegado a la pantalla. A su vuelta les hablaba de las intrigas y de los personajes como si hubiera sido testigo de una larga discusión de los vecinos. Empieza a perder un poco la cabeza, pensaba Imre.

En el segundo verano no se movía una brizna de aire y el humo de los cigarrillos se quedaba quieto y opaco frente a ellos. Hacía un calor espeso. Nunca soplaba el viento, nunca bajaba la temperatura por la noche.

Aquel verano, cuando ellos estaban en el lago, hubo un cortocircuito en el transformador y una chispa prendió fuego a la carta del abuelo allí escondida. En unas horas ardió todo, y la casa de las vías, la casa de cinco generaciones de los Mándy, desapareció.

Entre las vías no quedó más que un montón de brasas negras. El fuego fundió las botellas de plástico que el abuelo había barrido con su rastrillo durante años. Se habían aglutinado en charcos endurecidos en lo que había sido el jardín triangular.

Se quedaron en la cabaña verde, la pérdida de su casa de toda la vida les daba una especie de vértigo. Ya no tenían nada bajo los pies, ya no tenían raíces. Era un sentimiento turbador y, sin embargo, no pasó nada.

Llevaban consigo su propia inercia, que los trenes no habían llegado a sacudir jamás. Imre se daba cuenta ahora. No había sido la casa. Eran ellos los inmóviles. Nunca ninguno de ellos había puesto el pie en el estribo de un vagón para irse. Vivían como colinas.

Cuando Panka y Eszter les propusieron que fueran a vivir a Brasil, dijeron cortésmente que no.

Prepararon la cabaña para el invierno. Ya había una estufa en un rincón. Compraron un radiador eléctrico que instalaron en el altillo al pie de las camas. Ági dijo que tejería unas mantas pero nunca se puso a ello. De todos modos, Imre compró edredones en el supermercado de Balatonfüred. Tenían los bordes plastificados y resultaban desagradables al tacto pero estaban rebajados. Pusieron dos en la cama de Pál, en la planta baja, donde hacía más frío.

El invierno llegó a principios de noviembre. La temperatura cayó en picado de repente. Abrían la puerta y tenían delante la superficie helada del lago. Era un mar infinito de hielo y nieve. El viento dibujaba en él formas extrañas, mapamundis, grietas. Todo era blanco y gris. El frío se colaba por el suelo de la cabaña, mordiente, peligroso. Pál e Imre se quedaban dentro entre la estufa y la televisión. Bebían café con leche y comían pasteles de semillas de amapola. Tan sólo a Ági le gustaba asomarse al paisaje blanco y helado.

Se sentaba en el umbral. Había allí dos escalones de metal espantosamente fríos, pero Ági se envolvía en los edredones. Parecía una colmena. Cuando abría la puerta el viento entraba en la cabaña a ráfagas glaciales. Pál e Imre aullaban. Por la noche no era fácil tocar un plato sin quemarse los dedos con la superficie helada.

Ági no hacía caso. Estaba pegada a los escalones, frente al lago, majestuosa y enorme bajo las diversas capas de edredón, mirando el blanco y el gris que se extendía hasta donde alcanzaba la vista. El lago se confundía con el cielo en una misma hostilidad invernal, sin hojas, ni flores, ni pájaros. No había nada más que el frío.

Y Ági cantaba.

El hielo se llevaba su débil voz a través del lago. Las notas se deslizaban por debajo, resonaban. La canción se escapaba a la otra orilla, ocho kilómetros más allá, tan lejos que no se veía.

El lago era lo único que había allí para hacer resonar la voz de Ági, aquel grito de ratón siempre a punto de desvanecerse. De golpe crecía, corría por la nieve, quizá le llegaba a un patinador que no podía verse. Las cañas escarchadas resonaban con las canciones de Ági, y los crujidos del hielo y las barcas aprisionadas y las ráfagas traicioneras.

He recorrido, he recorrido la gran calle Lonai
y he perdido, he perdido mi cigarro y mi boquilla,
pero no echo de menos ni mi cigarro ni mi boquilla,
lo único que lamento es haberte querido tanto.

He recorrido, he recorrido el cementerio Lonai
y he perdido, he perdido mi pañuelo de terciopelo rojo,
pero no echo de menos mi pañuelo de terciopelo,
lo único que lamento es haberte querido tanto.

AGRADECIMIENTOS

A Veronika Kóvacs, Mihály Borbély, Márton y Krisztian Kristof, que me hablaron de sus recuerdos y me contaron historias de su familia; al equipo de los Cerditos—Ernö, Nori, Lori, Misi, Bálint—, que soñaron con fotos encontradas en el mercadillo; a Lawrence, por el año que pasamos juntos en Budapest mientras yo escribía este libro.

ESTA EDICIÓN, PRIMERA, DE
«DOMINGO SOMBRÍO», DE ALICE ZENITER,
SE TERMINÓ DE IMPRIMIR
EN CAPELLADES EN EL
MES DE FEBRERO
DEL AÑO
2017

Colección Narrativa del Acantilado
Últimos títulos

259. ANDRZEJ STASIUK *Taksim*
260. GIORGIO BASSANI *Las gafas de oro. La novela de Ferrara. Libro segundo*
261. NIKOS KAZANTZAKIS *Zorba el griego (Vida y andanzas de Alexis Zorba)*
262. A. G. PORTA *Las dimensiones finitas*
263. HIROMI KAWAKAMI *Vidas frágiles, noches oscuras*
264. BERTA VIAS MAHOU *Yo soy El Otro*
265. CHRISTOPHER ISHERWOOD *El señor Norris cambia de tren*
266. KURT TUCHOLSKY *El castillo de Gripsholm. Una historia veraniega*
267. ATTILA BARTIS *El paseo*
268. JAROSLAV HAŠEK *Los destinos del buen soldado Švejk durante la guerra mundial*
269. FRIEDRICH TORBERG *El alumno Gerber*
270. JORGE EDWARDS *La última hermana* (2 ediciones)
271. NATALIA GINZBURG *Y eso fue lo que pasó* (2 ediciones)
272. ZSUZSA BÁNK *En pleno verano*
273. GEORGES SIMENON *Maigret tiende una trampa (Los casos de Maigret)*
274. PETER STAMM *Noche es el día*
275. TEJU COLE *Cada día es del ladrón*
276. ARTHUR SCHNITZLER *Tardía fama*
277. ZSIGMOND MÓRICZ *Sé bueno hasta la muerte*
278. HELEN OYEYEMI *Boy, Snow, Bird. Fábula de tres mujeres*
279. PABLO MARTÍN SÁNCHEZ *Tuyo es el mañana* (2 ediciones)
280. GEORGES SIMENON *El muerto de Maigret (Los casos de Maigret)*
281. HIROMI KAWAKAMI *Amores imperfectos*
282. NATHANIEL HAWTHORNE *La muñeca de nieve y otros cuentos*
283. STEFAN ZWEIG *Clarissa*